前世から届いた遺言

岩下 光由記

文芸社

まえがき

本書を手にとっていただきまして、ありがとうございます。

「なぜ？　どうして？　なんでうまくいかないのだろう？」人生はその繰り返しですよね?!何かの問題や壁に立ち向かい進んでいく姿勢は讃えられるべき素晴らしいものだと思います。

もしそれらに立ち向かう自信を失いかけていたら、自分の潜在意識、前世・過去世に問いかけてみる、そんな勇気をほんの少しだけ持ってみてはいかがでしょうか？

それは、自分の外側にあるもの、境遇や環境、友人、恋人、家族ではなく、経験や知識、技能など身に付いているものでもありません。それは内側にあるもの、自分自身の意識、心、深い深い潜在意識、魂の声そのものに向き合うことでもあります。「天は自ら助くる者を助く」（『自助論　Self-Help』）。サミュエル・スマイルズの名著があります。不断の自助努力こそが人生を切り拓くという内容を読んで、学生時代に大変感銘を受けました。

本書は、そのスピリチュアル版、「前世は自ら求むるものを導く」（『魂導論　Past-life Help』）であり、主人公が時空を超えてめぐり逢う魂の軌跡に辿り着くまでの物語です。

前世療法は、人生の困難のすべてを解決できるものではないかもしれません。しかし、最先端の精神医学、心理学の分野で進化を続けているヒプノセラピーによる前世が、人生に必要なメッセージを送ってくれる存在であることを、私は確信しています。

目次

前世から届いた遺言

漂流

二十九歳まで僕は虚無の中にいた。行き先や目標、将来どうなりたいとか全く考えることなく流され、そして漂っていた。

何かに何かを感じること、ある特定の文字や映像、言葉や音の響きに懐かしさや、愛着、怒りや嫌悪をふと感じることがあった。ときに鳥肌が立ったり、自然に泣けて来たりしたこともあった。訪れた場所に不思議な縁のようなもの、何かはわからなかったけど胸がざわついたりしたこともよくあった。

ただ、ぼんやりと時間が流れていたことに違いはなかった。


僕が大学生のときは、まだ世の中の景気は良く、日本経済絶好調、バブルの踊り場から崩壊の入り口のまだまだ手前にいるころだった。日本人が自信に溢れ、街にゆとりがあった気がする。

僕自身も根拠のない自信に支えられた見果てぬ夢を持っていた。いつか何かやる、やれるはずだ！　と。自分には何かがあるはずだという若さのもたらしてくれる愚かな勘違いがあった。

違う世界を見てみたい、そして自分探しをしてみたいと思っていた僕は、休学をして留学することにした。場所は、サンフランシスコから北へ車で一、二時間、サンタローザという街の小さなカレッジだった。

もし、そのまま何かやりたいことや、向かうべき方向が見つかれば、あるいは良き出会いがあるとか、何かチャンスが見つかったら、なんて幼稚な奇跡を夢見ていた。そのままアメリカの大学へ編入してしまおうなんてことも考えての留学だった。

父がガンに罹ったことがわかったのは、そこでの生活が少しずつ楽しくなり始めたころだった。当然、僕の浅はかな冒険心などそれどころではなくなり、一年足らずで帰国することになった。

早朝の成田空港に降りて、電車とバスを乗り継いで家に向かった。不思議と悔しさや悲しさ、なぜ？　などの感情が全く湧き上がってこなかった。むしろ、これで「仕方なかったじゃないか」という理由ができたような、変な心境で家に着いた。

父は血の気のない真っ白な顔で棺の中に横たわっていた。家族や親戚、ご近所の方々が涙を流す中、僕は悲しみや父との思い出などに浸る気持ちにはならなかった、全くと言っていいほどに。出棺のとき、自分を冷酷な人間だと思った。

父親の葬儀が終わって数日後、書店である本のタイトルが目に飛び込んできた。たくさんの本が並んでいる中でそこだけスポットライトが当たっているような感じで、タイトルからオーラが出ているように思えた。『前世からのメッセージ』というその本はY氏という米国P大学の医学博士の本だった。前書きと序章を少し立ち読みして、すぐに買って帰り、いっきに読み込んだ。

Y博士は、精神科医としてカウンセリングやセラピーを通し、患者さんの心のケアを行っていた。多くの患者が、幼少期の親との関係や、暴力などのトラウマを抱え、それが原因で本人の人生を阻害する、ブロックしている、それを解き放して心を癒していくという手法を実践していた。その後、患者さんの中に、セッション中に深い深い催眠、潜在意識状態に入る人、さらに変わったことを言い始める人が出てきた。それは幼少期をはるかに過ぎて、まるで前世の出来事のようだった。そしてその内容を博士は記録していくのだが、それがどうもただの絵空事として片付けられないような内容であることに気付き始める。何より、患者さんがその気持ちや感情を思いのままに吐き出す、そのことにより今世での悩みや苦しみから解放され、癒されることを確信。そして、あるときその体験を勇気を持って世に出すことを決意、その本がこの『前世からのメッセージ』だった。

面白くて面白くて、あっという間に朝になってしまった。自分の前世って何だったのだろう？　いつかこの世界に足を踏み入れてみたい、覗いてみたいと思った。

しかし、一家の大黒柱を失った我が家には、お金という現実問題もあり、僕も何とかして卒業しなければという目の前に横たわる壁に、そんな思いはどこかに消し去られていった。

　友人たちから一年遅れの大学四年を迎え、リクルートスーツに身を包み、会社をいくつも訪ねて回った。ちょうどバブルが弾けたころ、まだその余韻が残っていて、のちの失われた十年、十五年に比べれば、まだまだ就職事情はよかった方だと思う。しかし、今まで堅実な目標や夢もなく生きてきた自分には、就職活動そのものを意義あるものに思えなかった。

「天宮くんは、なぜこの業界で働きたいと思ったのですか？」「うちの会社に入ったら、どんな仕事がしたいですか？」

　お決まりの質問に模範通りの回答を続けていくことに戸惑っていた。どうせやりたいことなんてできるはずもないのに、なんでそんなこと聞くのだろう？　と思うような冷めた学生だった。もちろん顔にはおくびにも出さなかったけれど。ますます虚しくなる人生を感じていた。こんなことが僕の人生の何になるんだろう？　と自問しながら疲れていった。

　僕自身が何をしたいのか、どんな人生を生きたいのかなんて、何も考えていなかった。

「今度は私が真輝の就職を励ます番ね……」

　僕の似合わないスーツ姿を見て、付き合っていた彼女はそう言ってからかうように笑った。

　大学は違ったけど、同い年。彼女のキャンパスは市ヶ谷にあり、そこにもよく遊びに行った。何となく気になる存在になって、何となく一緒にいる時間が多くなり、「ニュー・シネマ・パラダイス」というイタリア映画をシネスイッチ銀座で観て、一緒に感動して、その日から付き合い始めた。背が高くほんの少しつりあがり気味な目の輪郭だけど優しげな茶色い瞳、長い黒髪の彼女だった。なぜそうなった、なれたのかはわからない。

彼女の大学のある市ヶ谷で待ち合わせて、お堀の散歩道をよく歩いた。人並みの青春が過ごせたのは、彼女のおかげ、ほんの少しだけど陽が射していたひとときだった。

成田からカリフォルニアへ出発するときも、父親の死のときもそばにいてくれた彼女だった。留学中も手紙のやりとりをずっと続けて、その間、就職活動に邁進する彼女を励まし続け、彼女は僕を応援し続けてくれた。そのときは彼女の存在が僕の人生の全て、そう思い込んでいた。

彼女はメディア、マスコミ、報道の仕事を志望していた。自分とは全く違う確かな未来を描いていた彼女だった。僕には彼女の就職活動のことや、彼女の目指す世界のことは全くわからなかった。

やがて僕より先に社会人となり、大人の世界で働き、どんどん成長していく彼女に比べて、コンビニの二階に住み込んでバイトしながら、就職活動している自分。卒業は何とか大丈夫だったけど、徐々に貧しく、せこくなっていく自分、気の利いたデートもできない自分がいた。僕は人生を切り開いていく自信をすっかり失い、そして彼女を傷つけていってしまった、大好きだったのに。

彼女からの別れの手紙は社会人一年目の秋。長い長い文章の最後に「今までありがとう、さよなら……ごめんなさい」と。あっけない最後通牒だった。

こんなことを書かせてしまう馬鹿な自分、彼女の心が離れていくことを感じることができなかった愚かな自分は、暗い闇の中へ落ちて、空気の吸えない、這い上がれない深い海の中にいるような気分だった。

狭い部屋で、朝起きて、夕べの酒をさますようにたばこを吸う。そして、満員電車と行きたくもない会社、それが僕の毎日だった。すべてがどうでもよかったと投げやりになっていた愚かな自分だった。相変わらず、漂っていた。


そうこうしているうちに、その会社はバブル崩壊第一波の影響を受け、事業縮小へ向かうことになり、依願退職を募るようになってしまった。同期入社の人たちと毎晩のように飲みに行った。みんなで、残るべきなのか？　辞めるべきなのか？　という話題を、ビールを飲みながら戦わせていた。

当時はまだ終身雇用神話が完全に崩れたわけではなく、新卒で会社に入るということの意義がとても大きかった時代だった。

「お前、どうするんだよ」と、静かにしている僕に同僚の飯星が聞いてきたので「俺、辞めるわ……」とあっさり答えた。彼はジョッキを置いて「そうか……」と静かに答えた。入社してからともによく飲んでいた飯星とはわかり合える中だったので、彼は寂しそうだった。

人生最大の支えを失ったと幼稚な思考に支配されていた僕は、迷うことなく退職希望に手を挙げた、そのあとの人生に何の自信も計画もないままに。

初めて失業手当をもらい、再就職を冷めた思いで考えつつ、数か月先の家賃を心配しながら、安い焼き鳥屋で焼酎を煽る毎日。部屋に帰ってからは、「ニュー・シネマ・パラダイス」の映像を流しながら飲んだくれて眠った。「こんなダメ男、愛想つかされて当たり前だよなぁ」と自嘲しながら。


学生時代から可愛がってくれた先輩に、ある保守政治家の秘書になっていた方がいた。甘えられそうな人はこの人しかいないと、時間をとってもらい恥を忍んで人生相談に向かった。いよいよお金が尽きて家賃も公共料金の支払いも危うくなって、切羽詰まってのことだった。

「おー、天宮、元気だったか？」

議員会館のレストランで会った先輩は、学生のときと変わらず頼もしかった。

「佐久間先輩、すみません、お忙しいのに」

「いやいや、国民、支持者のご意見を聞くのも仕事だからな、わっはっは。まあまあ、とりあえず好きなもの食べなよ」

「あ、ありがとうございます！」

黒いスーツに赤いネクタイの先輩は、学生時代以上に威厳を備えて立派に見えた。現在の自分の状況を話すと、先輩は親身になって考えてくれた。そしてその二か月後には、先輩の紹介してくれたとある公益法人で働けることになった。海外から来日中のビジネスマンや留学生に向けてのフォーラムや交流会を企画主催したり、外国の政府が組織する団体の日本招聘プログラムなどをしている会社だった。

「お前も昔から政治の世界には興味もあったんだし、英語も少しはできるんだから。そこは人手不足らしいんだ、頑張ってみれば」

こんなにありがたい話はないと思って、僕はその仕事に向き合った。自分なりに頑張ったし、少しずつ充実の日を過ごせるようになっていった。何か海の底から少し海面に上がって、呼吸ができたような気がしていた。

ところが、二年目にはその公益法人は事業を停止することになってしまった。バブル崩壊第二波の影響、とにかくお金が集まらない、個人はもちろん、法人の賛助会員の相次ぐ経費節減、解散は必然だった。

また、漂流する人生が始まった。

「中国、上海へ行ってみないか？」そんな話が舞い込んできたのは梅雨も明けて初夏を感じ始めたころだった。わずかばかりの貯金もだいぶ淋しくなり、いよいよやばいことになってきたところだったので、すぐに、行きます！　と何も考えずに答えた。

　その公益法人の会員で、交流会などにも参加していた日本のある製造業に勤務している方からの紹介だった。そこのグループ子会社が、これから現地に法人を作り、生産ラインを作りたいという方針が決定したとのことだった。誰か先に行って駐在の役割をしてもらいたいという要望で、その会社からその人間を出すよりは、現地採用並みの給料でそれに応えてくれる人材を探しているという話だった。

　中国語を勉強しながら現地での情報収集、合弁相手探し、ビジネスチャンス探しが仕事。僕にとって、これこそ待ち続けた運命ではないか！　そう思った。何となく子どものころから感じていた何か……それを想い起こし、今度こそ本当に這い上がれると思った。

　上海出発前日の夜、コンビニのアルバイト時代から付き合いのあった宇野くんという六歳年下の弟分みたいな存在の友人が、ビールとつまみを持って訪ねてきてくれた。彼は学校を出て、今は自衛官になっていた。自分とはまるで違う人生を歩いているのに気が付くとどこかで会う、そんな不思議な間柄だった。そしてなぜかいつも僕を慕ってくれていた。

「真輝さん、ぜひこれ持っていってください。缶切りも付いてるし、何かと役に立ちます。きっと守ってくれますよ」

　彼は小さな多機能のアーミーナイフを渡してくれた。

「ああ。ありがとう、助かるよ」

「それはトランクへ入れていってくださいね、機内持ち込みはだめですよ」

「そうだね、ありがとう」

「僕は中国へ行くことはないと思いますから、もしかすると最後かもしれませんね」

「そうだな、しばらくは帰れないだろうからなぁ」

乾杯して、お互いに笑いながら別れた。

出発当日は、佐久間先輩が忙しい合間に空港に見送りに来てくれた。

「必要なものがあれば送ってやるから、いつでも気軽にな、お金もなんかあったら飛行機代くらい出すから心配すんな」

「いろいろとありがとうございます」

「いや、こちらこそ自分が紹介したのに、すまなかったよ。でもこういう運命だったんじゃないか、これからは中国の時代だし」

「はい、僕もそう思ってます」

会社が用意してくれた航空券で、一人成田から上海へ向かったのは奇しくも九月七日、父親の誕生日だった。ますます天命、運命を感ぜずにはいられなかった僕は喜びに溢れ、約束の地へ向かうような気持ちで、眼下に富士山を眺めながら中国大陸、上海へ向かった。根拠のない自信はいろいろな不安を追いやってくれた。そして日本へは当分帰らないと誓った。

上海虹橋国際空港での入国手続きはものものしい雰囲気だった。軍人がそこかしこに立っていて、「おー、やはり共産圏なんだなあ」と実感した。鄧小平による南巡講和という宣言以降、徐々に資本主義を取り入れ、外国資本の中国進出を促し始めたころだ。

空港のタクシー乗り場には、赤い色のフォルクスワーゲンが並び、先頭に停車していた車の助手席に座った。英語は通じない、ホテル名と住所を書いた紙を渡したところ、運転手はにこっと笑い、身振り手振りでシートベルトをするように促した。

行く途上、窓から見る上海はいろいろな意味で衝撃だった。まだ道路は整備されておらず、お世辞にもきれいとは言えなかった。たくさんの人々が自転車に乗って埃まみれの中を走っていた。その光景はまるで砂漠の中にある町のような印象だった。街中《まちなか》へ近づくと、やがて人込みによる濁流が始まった。ものすごい数の老若男女が町中、道路中にひしめいている。超満員！　という言葉がぴったりだった。

目的のホテルに着き、人民元で支払いをしてシートベルトを外したとき、僕のベージュのスーツとワイシャツにそのシートベルトについた汚れの跡がたすきがけのように残ったのには笑ってしまった。ホテルではさすがに英語が通じて助かった。部屋にトランクを置いて、窓を開けると南京東路という繁華街がよく見えた。そこから見える景色もやはり人人人、人の濁流で溢れかえっていた。

上海は黄浦江という川を挟んで、浦西地区と浦東地区に分かれている。浦西地区はかつてのイギリス、フランス、アメリカ、日本など当時の列強の租界があり、ノスタルジックな街並みが並ぶ。外灘という川辺りの風景、和平飯店のジャズバンドが知られている。浦東地区は経済特区として開発が始まったところで、注目の地域だ。シンボルタワーの東方明珠電視塔もまだ建築中で、外観の特徴である二つの球体の一つ目もまだできていなかった。香港、東南アジアを中心にデパート、スーパーなどで隆盛を誇ったヤオハンもまだ上海には進出していなかった。

上海での暮らしは楽しいアドベンチャーだった。まずは中国での標準語である普通語の習得が急務だったが、事前準備のかいもあったのか、ある程度こなせるようになるのにそれほど時間はかからなかった。文法がSVOCで英語と同じだったことは、習得するうえで理解しやすかった。それから、普段は上海語を使う上海人からすれば、普通語は第二外国語のようなものなのだ。北京語に近いといわれる普通語と上海語は、英語とフランス語よりも離れていると言われている。そのへんも外国人が聞き取りやすいという理由かもしれない。

おつりを投げて返されたり、精米が粗くごはんの中に石がたくさん入っていたり、しょっちゅうお腹こわしたり、列を作って並んで待つ文化がないため割り込みをされて物をなかなか買えなかったり……と慣れなくて困ったこともあったけれど、それ以上に魔都・上海はエキサイティングだった。

朝起きると、路上のあちこちにある屋台の饅頭を買って、ホテルの部屋で食べる。日本でいうような肉まん、あんまんではなく、野菜が入っていて、まずまずの美味しさだった。そして着替えて、日本からのお土産と鞄を持って出かける毎日が始まった。

日本にいる間に集めた情報をもとに、いろいろな人に会った。それがまずは第一の仕事だった。目的は合弁相手の情報のゲットである。

毎日駆けずり回っていたあるときに、日本から段ボール箱が届いた。飯星からだった。開けてみると、カップラーメン、レトルトのご飯やカレーなどが入っていて驚くと同時に嬉しかった。しょっちゅうお腹をこわしていたのでありがたいことこの上なかった。中に手紙も入っていた。

〈そっちはどうだい、俺はもう少し頑張ってみるけど、いつか一緒に何かやりたいね！〉

その後も、飯星は日本からたくさんのレトルト食品やカップ麺を送ってくれた。彼は僕も知っている会社の総務の女性と結婚もして頑張っていた。上海でひとり、夢中でもがく日々が続いていた中、彼がときどき送ってくれる日本の食材は最高の臨時ボーナスだった。添えられた何通目かの手紙には、生まれた赤ちゃんを抱く飯星とその奥さんの幸せそうな写真が入っていた。

アジア全体の都市の傾向だが、上海も移動の時間が読めない。交通渋滞がものすごいのだ。何しろ、おびただしい数の自転車が自動車道路を自動車と同じように走っている。

日本人だけでなく、その他の外国人の多さもとにかく目立った。次の成長国筆頭の中国、バスに乗り遅れるなと言わんばかりにたくさんの企業がビジネスチャンスを求めて来ていた。夜になるとレストランやバーにはそんな日本、欧米のビジネスマン、留学生などが集い、情報収集と人脈作りには最高の場所だった、僕の気持ちはまるで大陸浪人だった。

普通、西側資本主義国は、法治国家である、ということになっている。それに対し、この大陸に生まれる国家は、長い長い戦乱の歴史から、人治国家と言われるようになった。身内以外は基本的に敵の可能性が高いのだ。だからよくこう言われた、自宅に招かれるようにならなきゃ仕事はできないよ！　と。

やがてこの地で知り合いになった人たちから、「ご飯でも食べよう」とか、「一杯やろう」とか、「うちへ来なよ」とか言われることが増えてきた。

あるとき、李さんという公安の人の自宅へ招かれた。李さんは、百八十五センチを超える大男で、眼鏡をかけている。人の紹介から、居留証の更新、トラブルの相談役として欠かせない人物だ。

あらゆる商売をしていく上で、公安の人とのかかわりはこの上なく大切だ。何しろいろいろな許可もそうだし、パトカーが先導して助けてくれるのも、有利なレートの紙幣交換も、すべては共産党員、公安の人の助けが必要なのだ。

家に招かれると、とにかくものすごい量の料理を出してきてくれる！　これは大変だと思った。でもこれは日本人との考え方の違いだ。日本人はせっかく出してくれたものを残すのは失礼と思ってしまうが、大陸中国は違う。「こんなにたくさん食べきれないほどのおもてなしをありがとうございます」と残すのが礼儀なのである。

李さんは僕のことをときおり「小日本《シャオリーベン》」とからかい気味に言った。日本人への蔑称だけど、彼の言う小日本はどこか憎めなかった。

親しくなった李さんの勧めで、中国の伝統弦楽器の二胡を習い始めた。李さんの娘さんが二胡をやっていて、家に行ったときに弾いてくれた。その音色は実にノスタルジックというか、もの悲しい何かを語るような音に聞こえた。まるで温かい日本酒を飲んでいるように心に染みたことも手伝ってのことだった。

それなりにある程度弾けるようになってから、これを合弁相手候補企業の人たちとの宴会などで弾いてみるとこれがまた好評だった。日本に来た留学生が日本文化を習って表現すると日本人が親近感を持つのと同じだ。

そして、宴会に次ぐ宴会。何事もまずはカンペイから始まるのがこの国だ。たくさんのお酒を飲んだ果てに、どうにか蘇州にある工場と合作交渉が整い、合弁会社設立までこぎつけた。中国に来てから三年目の暑い夏の日だった。

ただし、そのころは加熱した中国経済の第一次クールダウンのような状況になりつつあった。次の成長マーケットは中国であるという神話に外国資本が殺到しすぎたのだ。たくさん建設されたマンション群は空洞率が高かった。中産階層がまだ十分に育っていないため、購買力が低く、ものがそんなに売れない。満を持して上海へやってきたあのヤオハンが第一百貨店と合弁で上海浦東地区に大型ショッピングセンターを作って開業した。ものすごい数の人がそこに殺到し、売り場は人で溢れた。しかし、それほど売れない、みんな見に来るだけなのだ。急速に競い立つビルやマンションも価格にまだ大多数の人の収入が追い付いていない。

やがて、僕の中国大陸の夢は風船の空気が抜けるように急速にしぼんでいき、終わった。あっけないものだった。日本自体も経済の停滞で、中国で生産したものもそれほど売れない、かと言って消費者層がまだ育っていない中国国内でもものがそれほど売れなかった。結局たいした利益が見込めなくなったこともあり、合弁企業は台湾の企業へ売却することになった。何もかもが上手くいくはずと、運命と宿命を感じていたはずだったのに……。

「また、ダメなのか……」駐在ほぼ五年近いあいだに、一枚も写真を撮っていなかった。上海最後の夜は、手放さなければならない二胡を弾いているところを写真に収めた。

約束の地と思ったはずの中国も、夢大陸ではなかった。

その後、香港の関連会社に転籍、半年を過ごしてから日本に帰ることになった。また、最初からやり直しだ。

その会社に契約社員で在籍できることにはなったのだが、そもそもその業界に興味があったわけでもなかった。それに大した成果もなかった中国進出計画の一員だったことに気後れがして居心地が悪かった。体調も悪く、自分はどうしたいのか、何をしたいのか、人生に希望を見いだせない愚かな自分に腹が立ち、毎晩酒を飲む日々だった。

胃がきりきり痛むことも多かったある朝、咳をすると血が混じっていた。胃潰瘍という診断がくだり、入院することになり、ちょうど契約の期限も切れるので、退職することにした。また海の底へ、漂流する人生に舞い戻った。

病院というところは不思議なところだ。僕の過去を知らない人たちが、理由を問わず、とにかく励ましてくれる。看護師さんは、採血一つするのにも針を刺すとき「ごめんね、ちょっと痛いよ」と、謝ってくれる。悪いことなど何一つしてないにもかかわらずだ。

ノックとともに入ってきたのは山岸さんというといつも笑顔の看護師さん。白衣の天使というのは本当だと思った。しょうもない人生を歩いている自分でも励ましてくれる。

「お熱測ってください」
「山岸さんは下の名前は何ていうの？」
「あら、聞いてどうするの？」
「いや、いや……あの、何となく」
「そう、気になる？　蘭、蘭の花の蘭」

「蘭？　へえ、珍しい名前だね」

李香蘭の蘭か……心でそうつぶやいた。でもそう言っても通じるはずもなし。

「おじいちゃんが強く願ったらしく、両親も賛成だったみたい、むしろ良い名前と思ったらしいの。中国の女優さんの字だったらしいけど」

「えっ……ほんとに？　李香蘭？」

「あー、そうそう、そんな感じ、よくわからないけどね。天宮さんは中国のこと詳しいの？」

「住んでいたことがあったからね」

「そう？　それでかぁ麻酔のとき、なんかよくわからない、へんな言葉を呟いていたけど、あれって中国語なのかなぁ？　私たちもしかしてソウルメイトだったりしてね?!」

「ソウルメイト？　その言葉どうして知ってるの？」

「今、ナースステーションで流行ってるの、生まれ変わっても出会う魂！　この仕事をしているとね、結構不思議なことに出会うのよ」

「へえ……どんな？」

「もうすぐ亡くなる方のお世話もするし、亡くなる場面にも立ち会うし。だからね、あれ聞こえた？　とか、何か気配感じた？　なんてよくあることなの。だから前世とかあちらの世界が結構身近なのよ」

僕は、父親が死んだときに手にした『前世からのメッセージ』のことを思い出した。

「乾杯！　おめでとう！　もう大丈夫よ」

元気に笑いながら彼女はジョッキを差し出してきた。僕の退院祝いをしてくれるということで一緒に山岸さんとご飯を食べた。仕事ではないときの彼女の笑顔もまた可愛らしかった。

盛り上がったのはもっぱら例の、霊の話というか、スピリチュアルな話だった。

「おじいちゃんが、李香蘭が好きだったんでしょ？」

「うん、中国へ行っていたみたいよ、それが満洲[1]ってとこかな」

「へえ、そうなんだ」

「私は、もともとは広島なのよ」

気持ちよく、そして美味しそうにビールを飲みながら彼女は続けた。

「おじいちゃんは中国での戦争がはげしくなる前に広島に戻ってこれたみたい」

「ご家族は原爆の被害にあったの？」

「広島でも、爆心地からはかなり離れていたので、みんな無事だった」

「そう」

「当時は広島に陸軍のものすごい大部隊があったんだって」

「へー、そうなんだ」

お互いに箸を動かしながら話を続けた。

「なんでだか知ってる?」

「いや」

「本土決戦に備える大部隊を編成して、広島に置いたんだって」

「えー、そこに原爆投下かぁ?」

「陸軍の病院もあったんだって、そこには負傷した兵士が中国から運ばれてきたという話は聞いたことがある。原爆で病院はもちろんその大部隊も全滅だったらしいのよ」

「そうなんだ、広島も長崎も、沖縄も……あの戦争の犠牲者はどんな思いで命を落としていったのだろうね?」

「その想いは想像つかないわね……数年前に友人四人でフィリピンのセブへ行ったことがあったのよ、その時はすごかったわ」

「え、何々、どうした?」

「聞こえたのよ、四人ともに同じ音が」

「同じ音?」

「夜、ホテルのビーチへ出て散歩しようということになったの。そこで途中で座って波の音聞いてたらね、ザクザクザクザクって。みんなで、えっ?　て顔を見合わせてホテルへ逃げ込むように走ったのよ。そして、聞こえた?　聞こえたよね?　何あれ、足音だよねって。革靴が砂に入り込むような、まるで軍人さんの軍靴の音みたいだよねって」

「ああ、そう……」

「日本に帰ってから、調べたらそのあたりでは一万人以上の日本の戦没者がいたんだって」

「あの戦争のことって、学校ではほとんど教えないし、学ぶ時間も少ないし、ちゃんと伝えることができる大人も少ないし……犠牲者は無念だろうね」

僕たちはそんな話をしながら楽しい時間を過ごした。

注1　満洲……日露戦争（露＝ロシア帝国。ソビエト連邦の前身、現ロシア共和国）によって租借した中国大陸の関東州、中国東北部を勢力範囲として一九三二年（昭和七年）日本によって作られ、十三年半で崩壊した幻の国。清朝最後の皇帝溥儀を元首とし、首都は新京。

広島

自分でもよくわからないまま、何か将来へ漠然とした不安を感じながらの毎日を送っていた蘭は、看護師になってから十年近くになっていた。

　順調に交際し、結婚していく友人たちが羨ましかった。何人か交際した男性もいたものの、結婚にまでは至らなかった。そのたびに悲しむ親にも申し訳なかった。出会いを求める場所や飲み会などに出ていくこともだんだん面倒に思えてきた。おせっかいに紹介しようとする親戚の言動もうっとうしく思えた。

　三十歳を過ぎて、一人で生きていけばいいとも思い始めているときに、前世療法を受けた。

　前世療法をする人を英語でヒプノセラピストという。ヒプノとは催眠という意味、しかしそれは一般に受ける催眠というイメージとはまるで違う。催眠というと、テレビ番組などで見るような催眠術をついつい想い描いてしまう。しかし、実際のヒプノセラピーはそんなことは全くなく、自分の意識もしっかりしていて、何かを操られるとか、言いたくないこと、やりたくないことを無理強いされるということは全くない。また、インチキくさい霊能者から「あなたの前世は○○よ！」と決めつけられるものでもない。

　それは、自分自身の深い深い潜在意識に、自分自身が入り込んでいって、自分の前世にアクセスして、感じて、今の自分に必要なことを得ていく、そんなプロセスを心と体と頭のリラックスした空間の中で体感していくものだった。

既に受けている友人の勧めと紹介でそのセラピーを受けることになったのも、このままの人生で良いのだろうか？　運命の人はいるのだろうか？　そこに何か前世の秘密があるのだろうか？　といった自分の人生の悩みにピリオドを打とうという思いもあった。

そのセラピーを受ける時間のことをセッションという。

「今回のセッションは、前世を、ということでよいですか？」

「はい、遠い昔のこともあるんですか？　あまりはっきりとは考えてなくて……」

「過去世という言い方もあり、私たちはそれを繰り返していると考えています」

「ああ、そうなんですか……以前から興味はあったんですけど、今いろいろと悩みもあって……受けてみようと思ったんです」

「では、今、蘭さん、あなたが見るべき前世に！　ということでよいと思いますよ。大丈夫、何が出てきてもＯＫ、ありのまま受け止めて、リラックスしてください。さあ楽な呼吸を続けてください」

その女性のセラピストは穏やかな笑顔で、蘭を安心させてくれた。

リクライニングの椅子を深く倒し、蘭は不思議な感覚の中に誘導され、そして心地のよい自身の潜在意識の世界へと入っていった。

現れた世界は、病院だった。

「えっ、以前勤務していた病院かな？」と最初思ったものの、その設備の古さなどからまるで違う世界だとすぐにわかった。たくさん男性が寝ている、ああみんな兵隊さんだ。どこだろう……場所は？　時代は？……。

そして、何となくその場所を感じることができた。そこは広島だった。中国大陸から負傷して送られてくるたくさんの兵士たちがいた。蘭はどんどん心が締め付けられるようになりながらも、圧倒的な勢いで覆い包み込んでくる郷愁に体が熱くなった。

真珠湾攻撃は既に終わっていたものの、まだアメリカ軍は太平洋に迫ってきてはおらず、南方の島々の拠点も健在のようだった。迫ってくる悲壮感のようなものはなく、まだ物資にも心にもゆとりがあった。何より日本はそのときの五大国の一つ、強国だった。

ある日、広島の宇品港から輸送船で送られてきた負傷兵の中に、満洲で病と負傷した足を抱えて運ばれてきた兵士がいた。その兵士から前世の蘭が呼び出された。その負傷兵は手紙を携えていた。それは前世の蘭の友人で、中国にある日本の陸軍病院に派遣された日本赤十字社の看護師から託されたものだった。その負傷兵は誰にも見られないようにその手紙を隠し持ってきたようだ。

満洲ではノモンハンの戦いでソ連[2]に敗れ、徐々に日本が劣勢になっていること、関東軍[3]の多くが対米戦のために南方に送られ、人員が減ってきていること、満洲とソ連国境付近ではソ連に敗れた日本側に医療の提供が求められ、赤十字の看護師たちがソ連兵に従軍慰安婦どころか、性奴隷のようにされているといった内容が書かれていた。

その手紙がきっかけで、前世の蘭は、この負傷兵と親しくなっていった。

その時代の十代二十代前半の死を覚悟していた若い軍人は、当たり前のように結婚どころか恋人すらいなかった、恋愛経験ももちろんゼロ。彼もそんな軍人の一人だった。そして、この負傷兵と前世の蘭はマスク越しに話をするようになった。

彼は十年近く軍隊にいて、階級も上がり、順調な人生だったものの、いろいろなものが崩れてしまい、自信を無くしてしまっているようだった。そして、一向に良くならない病と負傷した足のこともあり、別の病院へ運ばれることになった。でもそれは軍とすれば、もう役に立たないという判断であることは明白だった。

移送される日の前夜、彼は前世の蘭に言った。

「頼みがある。移送されてからも誰も面会にも来ないだろう。未来の子どもたちのためなんだと思って軍人として生きてきた、そう思うしかなかった。無念だし、ただただ虚しい。僕のことを母に、甥たちに伝えてほしい、和子さん、この手紙を……」

〝和子さん〟と呼ばれた前世の蘭は、託された手紙を胸に彼を見送った。

前世の蘭は、この時代がどうすることもできない、どうにもならない雰囲気に包まれていること、この時代が人間の運命を、彼女を翻弄していることを感じていた。

日に日に悪化する戦況に、目が回るほどの毎日。南方の戦線が次々と米軍に制圧され、ニューギニアもマレーも落ち、やがてパラオもサイパンも落ちた。次々と満洲から移送されてくる元気な兵士たちは、一歩も日本の地を踏むことなく広島の港でそのまま船の乗り換えを命じられ、南方へ、硫黄島、沖縄へと送られていった。

やがて、前世の蘭に恐ろしい現実が訪れた、出勤のため路線バスに乗っているときに……何が起きたかわからなかった。

「原爆だ……」

「…………」

あっという間の出来事に何も言葉がでなかった。一瞬ものすごい熱さを感じて、ものすごい汗が出てきた。胸が震えて、そのあと恐怖の鳥肌が立ってきて号泣してしまった。

「無理に何か話す必要はないですよ」とセラピストは少しずつ少しずつ前世の心と体の傷を癒してくれた。蘭は言葉に表現できない涙を流し続けた。

気が付いてみると三時間があっという間に過ぎた。まるでジムでたっぷり走って、筋トレして、泳いで、サウナに入ったような爽快感が残った。人生に希望が持てるような、神様が守ってくれる、導いてくれるようなそんな不思議な感覚だった。

翌週、休みを取った蘭は、実家のある広島へ帰った。両親はいつも嬉しそうに迎えてくれる。祖父の仏壇に手を合わせ、夕食をともにした蘭は、ふと思いついたように聞いた。

「ねえ、おじいちゃんって兄弟とか姉妹が他にもいたの？」

「えっ、弟は岡山のおじいちゃん」

「親戚の陽子ちゃんのおじいさんでしょ、二人兄弟だよね」

箸を止めて顔を見合わせる両親、奇妙な沈黙がほんの数秒間あった。蘭はそれを不思議に思った。

「実はね、……おじいちゃんにはお姉さんがいたんだよ」

「ええっ?!」

「おじいちゃんが大好きだった人らしくてね、二十代で亡くなってしまったそうなんだ。私にとっては伯母さんになるわけだけど、きれいで優しい人だった面影がある。もっとも小学生くらいの記憶だからはっきりとしたものはないけどね。でもね、いろいろな事情があって、多くを語れなくなってしまったんだよ」

父は日本酒の入ったお猪口を持ちながら静かに話した。

「広島ってね、原爆のことがあるだろう？　原爆の犠牲者の家族ということだけでその後の人生、結婚とかいろいろなことで残された人たちが辛い思いをするかもしれないという心配もあったのよ、戦後ずっと長い間ね」と母。

「え、もしかして原爆で亡くなったの？」

「ああ、若かったし、かわいそうだった。その人はね、お前と同じ看護師だったんだよ。当時広島には陸軍の病院があってね、そこで働いていたんだ」

背筋が伸び、汗がしたたり、鳥肌が立ち始めたのをはっきりと蘭は感じた。

「広島市内で、爆心地の近くにいたからね……」

「ねえ、もしかして写真とかある？」

「ああ、おじいさんのアルバムのどこかにあるかも。どこかに写っているだろう」

父は和室の押し入れの中から古い黄ばんだアルバムを探し出してきた。

「ああ、この人だよ」

一枚だけ、眩しいくらいににっこり笑う看護師姿の白黒写真があった。

「ねえ、この人の名前は？」

「和子、山岸和子」

胸に炎がついたように体が熱くなり、目頭が熱くなった。それはあの前世の看護師、彼女こそが自分の前世だったと気付いた、はっきりと確信した喜びの涙でもあった。

「お前が東京の看護学校へ行くって言ったときは驚いたんだよ、本当に」母は言った。

アルバムの中にはおじいさん宛の何通かの手紙も残されていて、姉からのものもあった。きれいな文字で当時の楽しげな様子が書かれていた。

その晩、その写真の前にお酒を置いて、親子三人で遅くまで語り合った。蘭は自分が受けた前世療法のことを両親に涙交じりに話した。そして、その写真に言った。

「今まで、気付かなくてごめんなさいね、でも教えてくれて本当にありがとう」

「何年前だったかなぁ、どこかのテレビ局だかジャーナリストだかが取材にきたんだよ。その責任者の女性が、アルバムの中の一通が何やら当時のようすを知る手がかりになるとかで、遺品展のようなものをやるからって、持って行ったことがあったなぁ。貴重な資料として他の当時の手紙とかとどこかの団体が大切に保管しますっていう約束で。広島や長崎の市民の多くが協力してるらしかったので、どうぞと渡してしまったんだ」と父は言った。

注2　ソ連……ロシア帝国（露国）が共産主義革命で倒されできた国家。ソビエト連邦、ソ連と称され、共産党一党独裁体制国家。米ソ冷戦後に崩壊し、ロシア共和国が後継国家となる。
注3　関東軍……満洲に駐屯した五十万を超えた日本の軍隊のことを関東軍と呼ぶ。日本の関東地方とは無関係。

二胡

「一週間くらい北京へ行ってみない？」

以前に、ある大学教授兼ドクターの秘書をしていた姉から電話があったのは、胃潰瘍が治って、さてこれから自分の人生どうしようかと考えているときだった。

その先生が北京の学会へ行くことになり、少々中国語のできる鞄持ちを探しているとのことで連絡があった。現地での学会には専属通訳がいるとのことで高難度の通訳は不要だし、何より、ちょうど仕事を辞めたばかりで、時間もあったのでわりと気楽な感じで引き受けた。

「あとで平林先生のプロフィールと秘書の方の連絡先送るから、メールでやりとりして、一度挨拶に行った方がいいわね、よろしく」

送られてきたメールには東都大学医学部名誉教授、世界小児科学会会長、日本こども病院名誉院長……すごい肩書だなあと思いながら、一度病院へご挨拶に行くことにした。

電車に乗り、世田谷の最寄り駅で降りて歩いて向かった。病院の建物を遠くから見ていて、なぜか無性に寂しさを感じた。これはいったい何だろう？　そんなことを考えながら、中へ入っていった。

秘書の方が取り次いでくれて、名誉院長室へ通された。室内には平林先生のこれまでの経の写真もあった。

歴が窺い知れるような賞状や、著名人との写真があった。その中には英国王室の皇太子妃と
「ああ、あなたが弟さんですか?」

入ってきたのは小柄で白髪の初老の紳士だった。

「はい、天宮真輝です、今度ご一緒させていただくことに……」

「よろしくお願いしますよ。学会は英語でいいんだけど、日常は中国語しか通じないらしいんだ。現地では僕の教え子の中国人女性留学生が助けてくれることにはなってるんだけどね」

「そうですか、鞄持ちですが、お供させていただきます」

「あなたの経歴のことは簡単には聞いてます。中国は何年くらいいたのですか?」

「ほぼ五年になります」

「そうですか? それは頼もしい」

「いえいえ、どこまでお役に立てるかわかりませんが……」

目の前の老紳士は、物腰は柔らかく、ジェントルだった。

部屋の中の、大きな名誉院長のデスクの真ん中に飾られている日章旗に気が付き、それを見て胸がざわついた。僕はよっぽど凝視していたのだろうか、先生に問われた。

「気になりますか?」

「ああ、いや、ええ」

「僕は海軍の出身でね」

穏やかな笑みを浮かべながら先生は話し始めた。

「終戦のときはどちらにおられたのですか？」

「江田島、広島の海軍兵学校にいたんだよ」

「そうなんですか？」

海軍兵学校といったら、当時のスーパーエリートだ。そのころの全国の各中学校の成績ナンバー1、2だけが集まってくる。イギリスの王立海軍兵学校、アメリカの合衆国海軍兵学校とともに世界三大士官学校のひとつだ。

「あなたのお父さんは陸軍だったね、近衛師団」

「父のことを？」

「ああ、あなたのお姉さんの旦那さんの父親が僕と同期でね、彼が陸軍だったので、そう聞いてました。近衛兵は普通徴兵ではなく、皇室と皇居を守る選抜部隊。当時の女学生の憧れだったからなぁ、お父さんが羨ましいよ。ははは」

「えー、そうだったんですか？」

「あまり戦争の話はしなかったのかな？」

「そうですね、ほとんどなかったです……先生、広島の原爆のときは？」

「はっきり見えたよ、それを江田島から眺めながら、東京へ帰還命令が出て戻った。実は僕は人間魚雷の順番を待っていたんだ」

「ええ！　人間魚雷？」

「一人乗りの潜航艇に乗って、敵艦に体当たりするんだ。海の特攻隊だよ」

「えー、そんなことが……終戦のとき、八月十五日はどちらにおられたんですか？」

「東京の国立の方にいた、実家があってね。戦争が終わってそれから大学へ入りなおした。その後、縁あってアメリカへインターンで留学して小児科医になった、貨物船で行った三等留学生だったけどね。そうそう僕は、君の卒業した大学で渡米前に英語を勉強したんだよ」

　お互いに応接の椅子に座り、静かに話をした。まるで時空を超えているような不思議な感覚だった。

「先生はなぜアメリカ留学を？」

「日本が負けたアメリカという国を見てみたかったという気持ちはあったかな」

「そうですか。実際行かれて、いかがでした？」

「敗戦国の貧乏留学生には優しかったよ。はっはっは」

　三十分程度の時間だったが、三時間くらい話をしたような、年齢や身分を超えて一緒にいるような気がした。何か懐かしい人に会っているような……。

「先生はなぜ敢えて日章旗を机に？」帰り際に聞いてみた。

「亡くなった戦友たちのためだよ、みんな祖国のため、未来の子どもたちのためと生きていた、僕もその一人だった。あなたのお父さんもそうだった……その誇りを忘れてはいかん、僕はそう思っている。友人たちは靖国で会おうと言ってみんな死んで逝ったのだからね」

そして、先生は自身の著書を僕に渡してくれた。先生の医学者としての子育て観、母学とでもいった育児書の名著だった。

「もう古い本だけど、君も結婚して子どもができたら少しは参考になるかもしれん。はっはっは」


北京空港に着いてから、平林先生と僕はタクシーで宿泊するホテルへ向かった。人民広場周辺は三車線、四車線あり、上海とは違って道路がとにかく広々していた。僕の中国語はどうにか通用した。

「天宮くん、なかなかたいしたもんだね」

「いやいやお恥ずかしいです」

「明日、学会が終わったら、一緒に一杯やろう。僕の教え子の張さんという方がいてね、北京飯店のレストランを予約してくれているそうなんだ」

「はい、ありがとうございます」

たくさんの人でごったがえした学会会場は、大変な熱気だった。僕は先生の鞄を預かり、後方から写真を撮ったりしていた。

講演の前、平林先生を海外のたくさんの人、医師たちが囲んでいた。小柄な先生が囲まれている姿を遠くから見ていて、とても眩しく見えて、日本人としての誇りを感じていた自分がいた。

「At the beginning……」で始まった先生の講演。内容は僕には全くわからないが、遠くから眺めていて、終わってからのスタンディングオベーションに自然に胸が熱くなってきた。そしてこのとき、なぜかこう思った、いや感じた。

「この人は、この先生は何かものすごい大きな力に護られている、なぜだろう、なんだろうこのものすごい力は？……」

その夜は日本での平林先生の教え子の張さんという女性と三人で、北京市中心の王府井にある北京飯店で食事をした。講演も無事終わり、先生も満足と安堵の表情だった。

「張さんはね、ある日本の大学がこども学研究センターを設立するにあたって、僕にセンター長になってくれということになって、そこで週一回講義をしていてね、そのときの生徒さんなんだ」

「そうなんです。張思文《チャンスーウエン》と申します。私はその大学の日本語日本文化学科に留学しているんです」

にっこりと笑う張さんはえくぼができた。

「そうですか。どうりで日本語がお上手なんですね」

さすが清朝時代からの高級ホテル、料理はとても美味しかった。

「田中角栄さん、フルシチョフさん、ニクソンさんもここを利用したんですよ」

さすがに張さんは詳しい。

「日本の関東軍の管理下に置かれていたこともあったんですよ、中国が無政府状態で満洲国があったころ」

「そうか、僕は海軍だったから大陸の事情はわからなかったけど」と平林先生は強いマオタイ酒を飲みながらうなずいた。先生も僕も張さんも、笑いの絶えない楽しい時間だった。

「天宮さんは、上海は何年くらいいたの？」と張さん。

「五年くらいです」

「上海は、北京とは全然違うでしょ？」

「そうですね、違う気がします。上海はすべてが忙しい感じかな」

彼女はくすくすと笑った。

ちょうど、そのホテルのレストランで二胡の演奏が始まった。

「いい音だね」平林先生は気持ちよさそうに飲みながら言った。

「僕も少しやってたんですよ、二胡。この音が何とも好きで……」

「あら、そうなんですか！　日本でもやってるの？」と張さんに聞かれた。

「いや、どうもあの楽器は絶滅危惧種の貴重な動物の皮を使っているらしく、なんか買って持ち帰ることが難しいみたいで、もう弾けないかなぁ」

「先生は、どうして小児科医を目指すことになったんですか？　きっかけは？」

「僕が成人するまではいつも戦争だった。江田島の海軍兵学校へ渡る呉の桟橋で、母と別れたときのことが忘れられなくてね、母の愛情というものが子どもにどれほど大きな影響を与えるのかということに気付かされた。それで広く子ども学みたいな分野を研究したくなった」

　僕らは、二胡の音色に魅せられながら、楽しい夜を過ごした。


日本に戻ってから、びっくりする荷物が届いた。張さんがなんと僕に二胡をプレゼントしてくれたのだ。

その後、日本の大学に戻っていた張さんとは、お礼に東京で会って食事をした。彼女は大学卒業後は、日本の旅行会社で働きたい、いずれ中国の人達を日本の各地へ案内して、日本の文化を知ってもらいたいと言っていた。

夢大陸

「大陸かぁ、行ってみたいなぁ」

中国東北部、満洲国は日本の若者の憧れだった。五族協和、王道楽土のスローガンを掲げ、特急アジア号が走り抜けるニュースに日本中が沸き立っていた。たくさんの人が夢を抱いて渡って行った。それは、出来上がってしまった階級社会であるヨーロッパから新大陸アメリカを目指した移民にも似ていた。

十九歳で陸軍入隊以来、宇都宮の駐屯地の連隊にいた芳雄は、五年間軍事教練を毎日こなしていた。ほぼ同じことを繰り返す毎日ではあったが、軍人優先のご時世、食べることには困らなかったことが何よりだった。五男として生まれた彼は、一族の中で最初に軍人となったのだが、家族や親戚はそれほど目を向けてくれたわけではなかった。それもそのはずで、日本中が貧しかった。貧しさの中、維新以来の財閥や華族、少数の支配層だけが優雅な暮らしをしていて、一般人は食うや食わず、白いご飯などめったに食べられない、麦を食べるのがやっとという状況だった。

長男など家督を継ぐもの以外、多くの若者が未来に希望を見いだせず、アメリカへ出稼ぎに行ったり、ブラジルへ移住したりしていた。そんな中で、日本が建国に深く関わった満洲は、格上の別天地に映ったのだ。

「もしかすると、俺たちは満洲かもしれんぞ」一歳年上の同期、重人がにんまりと芳雄に話しかけた。短気で喧嘩っ早い男だったが、芳雄を可愛がってくれる良き先輩同僚だった。

「ほんとですか?」

「ああ、近々大部隊を編成するらしい、いよいよだな。二、三日、実家に帰る許可がもらえるだろうから、母ちゃんに甘えてこいよ、どうせお前は婚約相手も彼女もいないんだろ」

「はい。重人さんは奥さんの手料理ですか? いいなぁ」

写真を見せてもらったことが何度もあった。写真に写る着物姿のその女性は、小さな唇のとっても可愛いらしい奥さんだった。

「まあ、お前も大陸へ行けばモテモテだよ。一兵卒とはいえ、泣く子も黙る関東軍、帝国陸軍軍人だからな。どうする、李香蘭みたいな女に会えるかもよ!」

「よくいいますよ」

李香蘭は芳雄と同世代で、昭和十三年に鮮烈デビューした女優。美貌と透き通るような歌声から歌手になり、日中戦争が始まったころに満洲国から中国人の映画女優・李香蘭《リーシャンラン》として銀幕の世界へ。女優として歌手として、日本や満洲国で大人気となった。流暢な北京語とエキゾチックな容貌から、日本でも満洲でも多くの人々が夢中になった。芳雄も憧れた一人だった。

実家へは汽車で三時間くらい、窓から見える関東平野の景色は平たんな田畑が続く。軍服に身を包み列車に座るのは正直疲れる。背筋を伸ばしていると詰襟が首を圧迫して肩が凝る。静かに座っていた芳雄には、周りの人たちがとても優しく親切だった。こんな自分でも御国のために奉公している偉い方と思ってくれるらしい。そんな目で見られると思うとよけいに背筋を伸ばばさざるをえない。

「よかったら、おひとついかがですか？」向かいに座っている老婦人がキャラメルを勧めてくれた。

「ご苦労様でございます、どちらへ向かわれるのですか？」老婦人のご主人とおぼしき老人から話しかけられた。

「少し実家へ帰る許可をいただきました、そのあとはわかりません」

「私のうちは父と叔父が日露戦争に従軍しまして、大陸で戦死しました」

「そうですか、どのあたりだったのですか？」

「鴨緑江あたりと聞いていましたが、詳しくはわかりません。満洲ができてほっとしていますよ。日露戦争であれだけの犠牲を払ったのですからね……共産主義のソ連は相変わらず怖いですし、中国大陸は軍閥、匪賊の大混乱の中でしょう……」

「そうですね……」

日露戦争は、明治三十七年から、日本とロシアが朝鮮半島と中国東北地方の支配をめぐって戦った戦争だ。日本は十二万の犠牲者を出し戦費は十億円を超えた。それは新興の大日本帝国と、スーパーパワーロシア帝国による、当時世界中を覆っていた帝国主義の領土獲得戦争だった。

結果、アメリカが仲裁し日本の判定勝ちとなった。日本はその後、アジアの大国としてその存在感は揺るぎないものになった。

ただ、それ以上に世界の人々に衝撃を与えたことがあった。それは日露戦争が、有色人種が白色人種に勝利した、人類史上初めての戦争だったということだった。世界中で、黒人は奴隷貿易のモノとして売り買いされ、黄色人種に独立国などない中で、大変な犠牲を払って得た地位と権益を、満洲を簡単に手放してたまるものか！　という雰囲気が日本全土を覆っていた。

「日本のために頑張ってください、よろしくおねがいします」

芳雄にはそれは十二万の英霊の魂の叫びでもあるような気がした。

「はい、ありがとうございます」

実家のある野川市は、関東平野中央にある小京都的な城下町。誰の迎えもあるはずもない駅で、芳雄は列車を降りた。駅前には商店街があり、人の往来も多い。

実家では、母が精一杯の料理で迎えてくれた。既に他界していた父親の代わりに、母は懸命に子どもたちを育ててくれた。漬物と焼き魚、日本酒、全部美味しかった。兄たちも会いに来てくれたが、それは自分の寂しさを強くさせるだけだった。戦地へ向かう芳雄よりも、自分たちの暮らしのことで一杯一杯、それどころではないことがよくわかった。兄弟でありながら、愛情どころか冷たささえ感じてしまった芳雄は、たまらなく悲しかった。兄たちの表情は「悪いけどお前のことにかまっちゃいられない、せいぜい大陸で頑張れや」と語っていた。

重人から言われた通り、妻どころか彼女すらいない自分であったので、奥さんのいる同期たちは羨ましかった。母親が、征く前に写真を撮ろうと言ってくれて、母と長兄の子どもたち三人と一緒に写真館へ行った。十歳以上年の離れた甥の忠行、その下の信行、英行と写真を撮った。もし自分のことを誰かに伝えてくれるとすれば、この甥たち三人しかいないのだと思うと、無性に寂しかった。

「芳雄おじさん、満洲行くんでしょう！　いいなあ、すごいなあ」と忠行。

「ああ、いよいよ大陸だよ……もしかすると満洲国は大日本帝国よりすごくなるかもしれんぞ、お前も来るか？」

「うん、行くよ。中国語を勉強する！」

「そうか、忠行は中国語を勉強するのか。これからは亜細亜の時代だ。これまで植民地だった亜細亜の国々がどんどん独立する、満洲で一緒に馬に乗ろう」

「うん！」

「僕も行く！」信行も英行も続いた。自分を少なからず憧憬の目で見てくれる甥たちは可愛かった。

実家の薄い布団は冷たく、寒かった。頭に浮かぶのは、女、女性のことばかりだった。結婚どころかろくに恋愛すらしたこともない自分が情けなく恥ずかしく、惨めだった。密かに気になっていた同世代の女学生たちのことが無性に恋しかった。もちろん話などしたこともないし、遠くから見てきれいだなあ、話ができたらいいなあと思っていただけだった。

第一次大戦が終わり、大きな戦禍にまみれることなく平和が訪れた日本。大正時代は短かったものの、袴姿の女学生がデモクラシーの風に乗って闊歩していた明るい時代、日本人が上を向いて歩いていた時代だった。芳雄が乗り降りする駅前に和菓子屋さんがあり、そこには芳雄と同世代のきれいな女学生がいた。何度か見かけたことがあるだけだったが、同世代の男たちの憧れだった。芳雄も憧れて遠くから見ている男の一人であり、相手にされるはずもないし、大陸へ行くからその前に会ってくださいなんてとても言えるはずもない……名前を呼んだことも、一度も話したこともないし、もし明日、駅へ向かう途中その前を通って、偶然目にすることができればそれだけでもいい。そんなことを妄想していたら、眠れなくなった。布団から起き出して丸い眼鏡をかけ直し、台所にいる母親に「お母さん、なんか眠れない、もうちょっと酒飲ませてくれない?」と、声をかけた。

「ああ、いいよ」

母は漬物とお酒を用意してくれた。

「さあ、どうぞ」そう言いながら、母は両手で丁寧に、ゆっくりとお酒を注いでくれた。母の細い疲れきった手と指に優しさが溢れていた。

「あっちは、大陸は寒いのだろう……なんでお前だけが征く運命になってしまったのだろうね……好きなだけ飲みなさい……」

母の仕草と言葉に胸が詰まった。

「明日は、私も兄さんたちも、みんなも駅に送りに行けないんだよ、仕事でね。ごめんなさいね……でもおにぎりくらいは作るから、持っていって」

「ありがとう、みんな大変だもんね……」

「私はよくわからないけど、関東軍はすごいのだろう? 満洲なら他の戦地よりは安心だと聞いたけど、たまには帰れるんだろう?」

「そりゃそうだよ、満洲はものすごいことになっているんだって! 新京もハルビンも、東京よりも大都会さ。世界最強の陸軍、関東軍が守っている。俺も階級も上がって偉くなって帰ってくるよ」

「せめてお前にお嫁さんをと思ってたんだけど……」

「大陸に行けばモテモテらしいんだ、李香蘭みたいな美人と一緒に帰ってくるよ！」

母に言える精一杯の強がりだった。

翌朝、玄関先で母と兄、三人の甥たちが見送ってくれた。母は涙目で、おにぎりの包みを渡してくれた。甥たちが無邪気な笑顔で手を振り続けてくれるのを振り返りながら、ゆっくりと駅へ向かい歩き始めた、ただ、ただ寂しかった。

例の和菓子屋さんに近づく。「いるかな？」どきどきしながらお店の前を通る。すると、いた！　ちょうどお店の前で何やら手伝っているようだった。髪を結った姿は眩しかった。憧れの彼女と目が合った！　いやそんな気がした。心臓がばくばくと音を立て、額と脇から汗が流れた。彼女は目を伏せながら会釈をしてくれた、いや気のせいか、そんな気がしただけだ。道行く軍人に対する当たり前の仕草だったのかもしれない。何もできない芳雄はただ歩を進めるだけ。

「さあ、いよいよ大陸だ」そう言い聞かせながら下を向いて歩いた。彼女の横をただ静かに通り過ぎて行くだけ、のはずが歩を進めながら何か突き動かされたような気がして、気が付くと引き返していた。

「あ、あの　よ、よこやまさん……」かなり不自然だったが、二、三歩先から振り返って話しかけた。

「あ、はい」

「あ、あの横山千絵さんですよね？　僕は、天宮です」

「ああ、はい、知ってますよ。天宮さん、天宮芳雄さんでしょう？　うちの両親もお母様のこともよく存じてます」

「えっ」

「ああ、もちろん、あなたのことも。同い年ですものね」と言いながら微笑んだ。

「本当ですか？」　芳雄は嬉しさを隠せなかった。

「征かれるのですか？　どちらですか？」

「はい、満洲です」

「ああ、そうですか！　満洲なのですね？　寒いのでしょう？　お気を付けて。どれくらいの予定ですか？　内地へはお帰りになれるのですか？」

「わかりません、でもいずれは帰りたいと思います」

「そう、満洲はすごいのでしょう？　友人の親戚があちらへ行っていて、話を聞くことがあるわ」

「そうですか？」

「ええ、大変な建築ラッシュで、街並みもモダンで。その方は開拓団で農業をしているそうなのですよ、いろんな作物が肥料なくてもできるって」

「へえー、肥料なしで？」

「女性も綺麗らしいわよ、モテるんじゃない？」

細く白い指を口元へ運んで、いたずらっぽく微笑んだ彼女。

「えっ、いや、そんなことあるはずないじゃないですか！」

僕はあなたにもてたいのですと心で叫び、目で訴えた。

「ご武運を！　どうかご無事で」

「あ、あ、ありがとうございます。す、少しは偉くなって帰ってきます」

人通りの中にいる恥ずかしさもあって、早く行かなくてはと思いお辞儀をして少し歩いた。でも、この人と話ができるのはこれが最後かもしれないと思うと、全身に冷たい氷が突き刺してきて、また振り返ってしまった。

「あ、あの手紙書きます、か、か、書いてもいいですか？」

あわてて話す芳雄に、彼女は微笑みながら答えた。

「お手紙楽しみにしています」


昭和十四年一月、いよいよ満洲国警備と居留民保護のため移動が始まった。芳雄と重人は独立混成第八旅団の要員として、従軍を命ぜられた。

作戦は陸支機密、詳細は告げられなかった。

「陸路大阪へ向かい、そこから船で大陸へ渡る、以上、終わり」

その命令は兵士たちに大きな夢と希望を与えてくれた。

「おい、実家はどうだった？」重人はにやけながらそう聞いてきた。

「まあ、僕は何もないですよ、甥っ子たちと記念写真撮って、酒をあおってきました、それくらいですよ。それより、重人さん嬉しそうじゃないですか？　なんかいいことあったんでしょ？　まあ、あんなかわいい奥さんがいちゃ楽しいでしょうねぇ、羨ましいですよ」

「いやいや、それがなあ、子ども作ろうと思って帰ったんだけど、蓉子がもうできちゃってなあ、俺も父親だよ」

「そうですか、おめでとうございます。お父さん頑張らなあ、へへ」

「李香蘭はお前に譲るよ、俺は大陸ではどんな美人が近くにきても遊ばんよ、ははは」

「本当ですか？　重人さんがそんなことできるはずないでしょ？　男の子だったら、どうしますか？　将来は？」

「そりゃ、陸軍士官学校を出て、俺たちみたいな一兵卒でなくて立派な士官にするよ」

そんな笑い話をしながら、大阪へ向かった。

大阪で一泊して明日はいよいよ船に乗って大陸へという前夜、目的地は中国大陸の塘沽だと知らされた。その夜は許可がおり、各地から集められた部隊の人間はみな外へ繰り出し、日本最後の夜を楽しんだ。が、父親になる重人は外へ行かず、一人で飲むというので、芳雄はそれに付き合うことにした。

　宿泊した第四司令部横の陸軍宿営施設で、夕暮れに染まる大阪城を眺めながら二人で日本酒を飲んでいると、芳雄より小柄な男がテーブルに近付いてきた。

「自分もご一緒させてもらえませんか」

　階級が同じ二等兵、一兵卒だ。

「おお、もちろんだよ」重人も芳雄も歓迎した。

「千葉出身の岡崎誠太郎です」

「岡崎は、なんで外へ行かんのか？」

　酒が進み、重人が岡崎に聞いた。

「今晩遊んだところで、明日が寂しいだけですし……」

「おまえは独身だろ？　楽しんだらいいのに……まあ、おれは飲み相手が二人いてありがたいけどな」

　三人で飲む酒は楽しかった。あっという間に一升を空けた。酒とつまみはいくらでも司令部から調達できた。

　いつの間にか、岡崎と芳雄は「誠太郎」「芳雄」と呼び合うようになった。重人が用を足しに行っている間に、誠太郎が芳雄に聞いた。

「芳雄、貴様、秘密は守れるか？」誠太郎の目が真剣だった。

「え、なんだよ、なんかやばい話か？」

　重人が戻ってくる気配を感じた誠太郎は「船で話そう」、そのあとは、ただ三人で笑いながら飲み明かした。


　大阪港を出て、瀬戸内海を進んでいる間は穏やかだった波も、関門海峡を抜けて大陸へ向かう日本海からはまるで違い、かなり揺れた。日本海の手荒い歓迎も、芳雄たちの未来への希望に比べればなんてことはなかった。そして、部隊には悲壮感のようなものはまるでなかった。満洲は約束の地であり、東亜安定という正義があった。

「芳雄、起きているか？」と誠太郎が小声で話しかけてきた。他の人間は船に酔う前に先に酒に酔ってみな高いびきだった。芳雄と誠太郎はこっそり船後尾の甲板へ向かった。

「芳雄、二・二六事件、知っているか？」

「ああ、あの不敬とか？　畏れ多くも陛下に背いた反乱者たち？　陸軍の青年将校が銃殺刑にされた……だろ？」

「実は、俺の伯父があのとき途中まで関わっていたのだ、北一輝という名前を知っているか？」

「いや、初めて聞く名前だ、その伯父さんも処刑されたのか？」

「処刑されはしなかったけど、北一輝の影響を受けた一人だった。あの事件の真相はもっと違うものだった」

誠太郎は、懐から古い紙の束を取り出した。

「これは、その北一輝が書いた『日本改造法案大綱』の写しだ。当時これを持っているだけで俺は銃殺だ」

「おいおい、恐ろしい話だな」

「頼みがある、俺はもう暗記するくらい読んだ」

「えーっ」

「この戦争が終わったら、俺はこのこと、二・二六事件の真実を伝えたいと思っている。でも戦死するかもしれない、そしたらそれはできない。誰かに俺の話を伝えておきたいのだ」

「お前ずいぶんおっかないこと考えていたんだな……」

「俺はその伯父から可愛がられていて、いろいろな話を聞いていた。この大陸行きは運命だと思っている。でもそこで誰か、信頼できそうな男に会えたら、伯父から聞いた話、俺が感じていることを話そうと思っていた。それは、たぶん、天宮芳雄、君だよ」

「そうなのか……」

「お前を見たときにそんな気がした。というか他にいない気がしたという方が正しいかもしれない」

芳雄は不思議な話をする誠太郎を見ていると、どうも嘘ではないような気がしてきた。

「お前に危なっかしい本を読んでくれ、持っていてくれとは言わん。これから時間があるときに俺の話を聞いてくれ。お前が生きて日本に帰ったら、そのことを伝えてほしい」

「おいおい、俺は死なんぞ」

「わからんぞ、何しろ、この戦争には無理があるような気がする、明治維新から日本はだんだんおかしくなってしまった。そもそも日本は、国民は貧しいのだ、こんな戦争始めて、続ける余裕などないはずなのだ」

　芳雄には誠太郎が何を言っているのかよくわからなかったが、この後、誠太郎の秘密講義が進むにつれ、芳雄は少しずつ彼の考えを理解し始めた。しかし、それはそのときだけのことであり、芳雄の思考は、大陸で任務を遂行し、満洲で楽しみ、階級を上げて日本へ帰ることの方が大部分を占めていた。

　誠太郎の言うところはこうだった。彼の伯父は二・二六事件のときに、途中まで行動をともにした一人だった。あのときの青年将校たちの主張は「戦争を止めてくれ」というものがその根底にあったそうだ。若き将校たちは地方出身の農民も多く、実家は食うや食わずで、生きるのが精一杯。その姉や妹たちが貧しさから売られ、自殺する親もたくさんいたそうだ。

　そこで、将校たちは、こんなの冗談じゃない、これで中国大陸に深入りして、更にはイギリス、フランス、オランダ、ロシア、おまけにいずれアメリカまで相手に、世界中敵に回して戦争を始めようなんて狂喜の沙汰だ、と主張した。そしてそのことは一部の陸軍の将軍たちも賛同していたそうなのだ。明治維新で掲げられたはずの、万機公論に決すべしという精神などどこかに行ってしまい、結局は陛下、皇族方を取り巻く財閥や政治家、華族だけがいい思いをしているだけではないか！　君側の奸たちに囲まれた陛下は真実をご存じないのではないか！　という怒りの決起だったそうなのだ。

北一輝という思想家の主張は、〝明治維新によって日本は天皇と国民が一体化した民主主義の国家となった。しかし財閥や官僚制によってこれが崩れてしまった。今一度、天皇陛下を中心として、民主主義を作り直し、普通選挙を実施して、国民のための体制を作らなければならない。そしてまず世界の人種差別を廃して諸民族の平等主義の理念を確立し、そのことで世界平和の規範となることができる〟というものだ。そして、国民のための天皇、国民のための軍隊を実現しようということがその理想の大前提だった。

要人の暗殺は犯罪だが、確かに理想とも思えなくはない。二・二六事件で処刑された将校たちが、陸軍の上層部に対し、「こんな状況で無謀な戦争に突入するなんて、天皇陛下はお望みではないはずだ！」と詰め寄ったものもいたという話も聞いたそうだ。

兵員の輸送船が日本海の荒波から、徐々に大陸沿岸へ近づいたことが、船上からもわかった。塘沽に上陸、いよいよ大陸への第一歩だ。狭苦しい輸送船から解放された芳雄たちは、意気揚々とその歩を進めた。それを更に後押ししたのは、現地での大歓迎振りだった。日の丸、日章旗がそこかしこで振られていた。日本軍がいれば安全だという大陸の人たちの本音が伝わってきた。

　部隊はそこから山海関へ移動、芳雄たちは同地の警備に当たった。と言っても、現地の治安は全く問題なしだった。帝国陸軍はどこに行っても大歓迎され、兵士たちは現地の日本人居留民はもちろん中国市民、満洲市民たちともとても仲良かった。

　芳雄、重人、誠太郎の三人、それと時間の合う兵隊仲間たちで、よくご飯を食べに行った。とくに山海関では、可蒙飯店というレストランへ毎日のように飲み食いに行った。中国語でウエイトレスのことを小姐《シャオチェ》と言う。そして、お嬢さんのことを姑娘《クーニャ》、と言う。そこでは芳雄たちは毎日のように、昼はラーメンやチャーハン、焼き餃子を食べた。そして夜は点心、空芯菜炒め、蝦のニンニク炒めを食べ、ビールや紹興酒を飲んだ。満洲には一旗揚げるべく事業を起こすために来た日本人もいて、日本酒の造り酒屋もあり、満洲ブランドの美味しい日本酒も飲めた。

　可蒙飯店は結構広く、二十テーブルくらいある広間はいつも満席だった。小姐もたくさんいて、芳雄たち日本兵は上得意のお客様だった。食事中は二胡の演奏や小姐たちの美しい歌があり、彼女たちと一緒に踊ったり、歌ったりと本当に楽しかった。

　満洲を守りに来ているのだという気概が優越感にもなり、芳雄もほかの日本軍人もいっぱしの男と認められたような気分になった。

　蒼いチイパオ（チャイナ服）で二胡をいつも弾いている小姐、その中でとても気になる子がいた。李香蘭とまでは言わないが、チイパオの似合う素敵な女性だった。

日本だったらとても言えないしできないこと、それがここではできるような気がした芳雄は、その子と話したいと秘かに思っていた。他の日本兵と、歌ったり踊ったりしていた彼女。芳雄は満洲ブランドの日本酒をグイっと飲んでから、声をかけた。記念すべき大陸初のアプローチだ。

「ニー　チャオ　シェンマ　ミンツ？（君の名は？）」

「オー、ニー　フイ　ジアン　チョンウエン！（中国語できるのね！）ウオ　チャオ　チョウ　イエン（私は　周燕　よ！）

「ニー　チャオ　ケイ　ウォ　アーフ　ハマオ？（僕に二胡を教えてくれない？）」

密かに勉強していた、考えていた精一杯の中国語だった。

五族協和の通り、漢、朝鮮、蒙古、満洲、日本、いろいろな人たちが共に楽しんでいる店の中で、彼女の二胡に合わせ蘇州夜曲を歌った。そのあとのことを芳雄は覚えていない。とにかくその子と話せた上に、二胡を教えてもらう約束をできたことだけで十分、大陸に来て以来最高の気分の夜を過ごして、床に倒れた。

周燕とは月に数回会うことになり、彼女は二胡を教えてくれた。謝礼をしたいと言ったら、代わりに日本語を教えてほしい、レッスン代は要らないと言われた。

「私は日本のこともっと知りたいの、日本語も上手になりたい。日本の人にも中国のことをもっと知ってほしいの、二胡を教えてと言ってきた軍人は、芳雄、あなたが初めてよ！　とっても嬉しかったわ、だからお金はいいの」

にっこり笑ってそう言った。周燕は笑うと、とてもかわいいえくぼができる。

楽しみの増えた芳雄は、一人でも可蒙飯店へ通った。

「おいおい、芳雄！　貴様、最近は一人でも可蒙行っているらしいじゃん？」

朝食の後、にやけながら重人が芳雄の首に手を巻きつけながら言ってきた。

「えっ、そうですか？」

「今日も行くんだろ？」

「いやあ、どうしようかなあ……」

「おい、どの子だよ？　お目当ては？」

「えっ？」

「俺も今日は一緒に行ってやろう、俺が代わりに言ったるよ！　大日本帝国陸軍、天宮芳雄くんはあなたに惚れております！」

「やめてくださいよ、やっと二胡を教えてもらえることになったんですから」

「おー、やるね、まずは文化交流か！　参りました天宮閣下」

その夜も可蒙飯店は大賑わいだった。

大陸に来てから三か月経ったころ、芳雄は日本から届いた小包を持って、こっそり兵舎の狭い床に入った。うるさい重人さんにでも気付かれたら面倒だとひとりにやけながら、宝物に触れるように大事に抱えながら。満洲に来てからすぐに千絵へ手紙を出したのだが、なかなか返事はこなかった。やっぱり相手にされないのかと落胆の日々を、可蒙飯店での宴会や、周燕との二胡教室と日本語教室で紛らわしていた。

送り主は、待ちに待った千絵からで、封を開けると、中には巻きたばこと手紙が入っていた。

「芳雄さん、お返事が遅くなりごめんなさい、お元気そうな様子で安心しました。こちらは相変わらずです。いざお手紙をとなると、なかなか筆が進まなくて。芳雄さんたち関東軍のご活躍のことはニュースでも聞いております。日本の、故郷の英雄さんへ手紙を出せるなんて、光栄です。何かをお送りしようと思ったのですけど、思い浮かばなくて。父のたばこをこっそりと……どうか頑張って」

綺麗な字だった。

「おれが故郷の英雄！」冷たい布団の中で、自分の体が熱くなっているのがよくわかった。生まれて初めて褒められた気がして、単純な芳雄は、軍人になったことを誇りに思い、そして浮かれて舞い上がっていた。

満洲の治安は落ち着いていた。そして物資も豊富だった。日本からたくさん移住してきた開拓民と日本の敷いた鉄道網のおかげだ。満洲の土地は肥沃で、大豆はじめ作物も豊富に実った。何しろ肥料がいらないくらいなのだ。特にスイカが美味しかった。

　開拓民の中で、軍に定期的に作物を納めてくれる方々がいる。芳雄は矢田というご夫婦と懇意になっていった。ときどき満洲でできた日本酒も差し入れてくれた。もともと矢田は開拓民として単身満洲に来て、現地で二十人の小作農を抱えるほどの農地を切り盛りするほどになった。そして、親戚の紹介で内地からお嫁さんを迎えていた。

「矢田さん、いつもありがとうございます」芳雄が礼を言うと、「いやいや、関東軍のおかげで、ここで安心して暮らせるんですから」と、夫婦は笑顔でそう言ってくれた。

「奥さん、お腹が？　もしかして赤ちゃん？　できたのですか？」

「ええ、は、はい」

「いやー、大陸の花嫁なんて呼ばれてましてね、たくさん女性たちが内地から来てるんですよ。それからは出産が増えてまして」と矢田は嬉しそうに話した。

「それはおめでとう！　男の子かな？　女の子かな？　ああ、いいなあ、俺も結婚したいなあ、子どももほしいなあ」

「天宮さんはいい人はおられんのですか？」

「残念ながら、まだ」

「そうですか、天宮さんならすぐに。結婚はいいもんですよ」

「まあ、またいずれ一緒に飲みましょう！」

「ええ、ぜひまた、いつでもうちへ飲みに来てくださいよ、大歓迎です」

その夜、芳雄は矢田からもらった日本酒を飲みながら千絵へ手紙を書いた。

「千絵さん、僕はとうとう軍曹になりました。こちらは寒いですけど、毎日、治安警備のため頑張っています。が、今のところ、現地でも騒乱や、匪賊や軍閥が襲ってくることもなく落ち着いています。五族協和の理想はすばらしいですよ……」

昭和十三年の冬、この日も満洲の寒さが大陸の夕日を更に真っ赤に染めていた。

「お手紙ありがとうございました、軍曹になられたなんて、すごいわ。頑張っていらっしゃることが認められたのですね！　最近、国内では満洲への旅行のニュースなどがよく流れてきます。そちらの発展はすごいみたいですね！　私も一度アジア号に乗って、アジアというカクテルを飲んでみたい！　新京も見たい、大都会なんでしょう？　大連のヤマトホテルにも泊まってみたいわ。満洲の映画も観てみたい。そうそう、大陸の花嫁なんてニュースもあるのよ。内地の女性がたくさん満洲の軍人さんや開拓団の方々へ嫁いでいって幸せになっているって……　満鉄[4]の方と結婚した友人からお手紙が来たのね、ゴルフや乗馬をやってる写真もあって、とっても楽しそうで羨ましかったわ。私も大陸の花嫁になろうかしら……芳雄さんどうかしら？」

「えー！　えー！　えー？」とスイカを食べながら芳雄の心ははるか天空を駆け抜けた。

まさか？　本当に？

別に自分が対象と言われたわけでもないのに、芳雄は完全にのぼせ上がり、スイカがのどを通らなかった。

芳雄は昭和十六年五月には陸軍曹長になり、そしてその翌月には叙勲を受けることになり賞勲局から叙勲八等授瑞宝章の賞状が届いた。階級という名誉も手に入れ、帝国陸軍軍人としての誇りと自信に溢れていた。そして、心に秘めていた想いを手紙に託した。

「千絵さん、お変わりないですか？　今回の手紙を出すのにはとても緊張しました。でもあなたに満洲へ来てほしい、帝国陸軍曹長の妻として。大連に船でお越しください、迎えに行きます。一緒にアジア号に乗りましょう、映画も観ましょう！　……結婚してください」

二週間後に、返信を受け取った。

「芳雄さん、お手紙ありがとう。嬉しいわ！　両親に話してみます。でも、こちらはだんだんと食べるものも無くなってきたのよ。父もたばこも吸わなくなって、日に日に貧しくなってきて、なんだか怖いわ。新聞はこの戦争を煽っているような感じがするの、対米感情もどんどん悪くなっているの……私、真実を知りたいわ」

芳雄たちの部隊は人員が再編されることになった。芳雄は北支方面軍の司令部へ配属となった。大山重人はチチハルへ、そして岡崎誠太郎はハルビンへと異動になった。すべての転戦命令が前日に知らされ、可蒙飯店で別れを惜しむ暇もなく周燕にお別れも言えなかった。世界の趨勢が大転換し始めていることなど兵士にも国民にもわかるはずはなかった。

千絵からは返事ももらえないままで、気がかりではあったものの、満洲の活気と自分の地位が、その不安をどこかへ吹き飛ばしていた。また満洲にも寒い寒い冬がやってくる。満洲の氷が解けるころに結婚できたらいいなあと、芳雄は思っていた。

やがて運命の十二月八日がやってきた、日本海軍は真珠湾へ攻撃、対米戦を開始した。上官からは、海軍の連戦連勝が伝えられ、陸軍も負けてはおれんぞという話が毎日のようにされた。

芳雄が北京についたのは真珠湾攻撃の五日後のことだった。対英米戦が本格化するにつれ、南方へ兵力を割くことになってきて、重人の部隊は委任統治領[5]のパラオへ転進となった。関東軍はもともと対ソ連戦を想定していたし、依然としてソ連は脅威でもあった。誠太郎はハルビンにそのままとどまることになった。

北京では、芳雄は土本大尉という指揮官の配下で任務をこなすことになった。蒋介石率いる国民党軍が、中国大陸での勢力を強めてきたものの、依然満洲、北京周辺の治安は落ち着いていた。芳雄は、その後も千絵に手紙を出してはいたのだが、未だ返事は来ないままだった。

「天宮曹長、どうだ、今夜一杯やらんか?」

「はっ」

上官から誘われたことは今までになかった芳雄は嬉しかった。それにしてもこの土本大尉はどんな人なんだろう、なぜ自分を？

日本軍の勢力下にあった北京飯店で大尉と席を共にした。奥の個室に入り、大尉に促され席についた。

「何がいい？　ビールいくか？」

「はい」

緊張しながら芳雄はグラスを持った。

「貴様は、結婚の予定はあるのか？」

「いえ」

「そうか。……どうした？」不思議そうな顔をしている芳雄に大尉が聞いた。

「大尉殿はなぜ自分を誘ってくださったのですか？」

「なんだ、迷惑だったか？」

「いいえ、光栄であります」

「勘だよ、貴様とならうまい酒が飲めそうな気がした、それだけだ」

土本大尉は豪快にビールを飲みほした。

「好きなもの食って飲んでいいぞ」

「ありがとうございます」

酒と食事が進むにつれ、大尉は雄弁になっていった。

「貴様、その年で一人じゃ寂しいな」

「は、はい」

「まあ、この戦争を勝ち残れ、そうすれば結婚できるさ。そうだ、そのときは俺が仲人してやろう」

「失礼します」ノックの音と共に眼光するどい男が入ってきた。

「おお、浦壁さん、お疲れ様です。ご無事で何より」

「大尉、ご無沙汰してます」と二人は握手して笑顔になった。

「どうかね、ソ連は？」

「こちらは？」と、浦壁と呼ばれた男は芳雄を明らかに警戒していた。

「ああ、こいつは大丈夫、家族、家柄、思想、調べてある。陛下に弓を引く男じゃない。嫁はいずれ俺が世話するさ、こいつには甥がいるが、近衛師団の候補だ、問題ない」

眼光の鋭さが消え笑顔になり、浦壁も席について語り始めた。

ソビエト共産党の諜報活動はかなりのもので、米国中枢に網を張り巡らせている、それは日本政府内部にも。日本と米国を戦わせることに成功したソ連は、満洲の関東軍が対米戦に戦力を割かれていくことを見越して攻めてくるだろう。そして、ソ連、アメリカ、イギリス首脳はこの戦争が終わったら日本を永久に自主防衛できない植民地にしようと目論んでいる。

どうせ真珠湾を攻撃するなら、そのままハワイに駐留、ハワイ王国を再建、そこを拠点にしてすぐにカリフォルニアへ、そして日系人を解放して人種差別撤廃を世界に訴えて講和という短期で決着すべきだった。二年しかもたないと自ら言っておきながら何しにハワイまで行ったのか？　太平洋全域の島々を拠点とする無謀な戦線拡大は、アメリカにどうぞお好きなところから反撃してきてくださいというチャンスを与えているも同然だ、このままではドイツ同様に、自国民を殺すための戦争を行ったと後世の人々から言われかねない。全く戦略というものがない……といったことを伝えて、浦壁は部屋を出て行った。

言葉の出ない芳雄に土本大尉は得意げに言った。

「どうだ、陸軍の情報収集力は大したものだろう」

「私の甥のことまで？」

「もちろんだ。浦壁さんは、この北京飯店の監査役になってもらっているが、英語、中国語、ロシア語を操る秀才大陸浪人だ。我々に貴重な情報を提供してくれる。そもそも満洲、中国東北部あたりは匪賊、軍閥の跋扈する地域で国民党の勢力も及ばない暴力と略奪、拉致が覆っている無法地帯だった。それをソ連、アメリカ、イギリス列強がそれぞれの思惑で事態を混乱させている。共産党ソ連が朝鮮半島まで来ては、日本はたまったものではないし、日本の関東軍の保護と治安維持を頼りにしておられたのは、他ならぬ皇帝溥儀陛下だったんだ」

「そうだったんですか？」

「ああ、そうさ、中国大陸そのものが暴力団同士の対立抗争状態のようなものなんだからな」

「我々は大陸の各国公館や日本の居留民を守れるのでしょうか？」

「それどころか日本も大変かもしれんぞ、……とにかく俺たちは大陸という底なし沼にいる」

芳雄は言葉が出なかった。

「なにしろ、陸軍と海軍は喧嘩ばかりで、その余力で戦ってるんだ。残念ながら日本の舵取りをされる方々が縄張り争いに振り回され機能不全状態に陥っている。世界の大局を読んで祖国の指揮を執ろうという立派な人たちが報われず、表舞台から去って行くようでは……」

「そうなんですか？」

「ああ、現実だ。俺には嫁と息子二人と娘がいる……貴様、一人なのは幸せかもしれんなぁ、心配することが少なくて済む」

大尉は無念そうな顔でビールを喉に流し込んだ。


昭和十七年の春、待ちに待った彼女からの手紙が届いた。心臓が爆音をあげているのを懸命に堪えながら、封を開けた。

「ごめんなさい、私満洲へは行けないわ、ごめんなさい」

ただそれだけが書かれていた手紙を茫然と手にしながら、芳雄の心臓は爆破された。

北京市内を警備中に銃声が聞こえ、芳雄たちの部隊と小競り合いのような戦闘になった。ところが、相手がわからない。見えないというか、国民党軍ではない、匪賊でもないのだ。まるで民間人の服装の人たちがあちこちから撃ってくるようだった。すぐに散開して応戦したものの、相手がどういう人間なのかがわからない。軍服を着ていないので、予測がつかない。

「これは抗日ゲリラ？　それとも中国の共産党か？」と頭をよぎった。それはただただ恐怖だった。芳雄は後方から左足を撃たれ、激痛とともにその場に倒れた。

「曹長、大丈夫ですか？」

「おお、安田……」部下の安田が駆け寄ってくれたところで記憶が途絶えた。

この戦闘の後、芳雄は北京より南、上海から西に位置する開封陸軍病院に運ばれた。左足の膝から下の骨が砕け、まともには歩けない容態だった。病院には、負傷兵が何人も運ばれて来ていた。見えない敵、軍人ではない相手との小さな戦闘で負傷したものも多かった。

「もう、この足じゃ駄目か……。軍人としては終わりだなあ。いっそ心臓に弾が当たった方が楽だったかも」

千絵からの「ごめんなさい」の手紙に希望をなくしていた芳雄は自分が惨めで仕方なかっ

た。発熱と吐き気も続き、苦しい日々を過ごすことになった。

ある日、部屋に帰ると、千絵が待っている、そして二人で笑顔で食事をしている……熱にうなされながらそんな夢を何度も見た。

「天宮さん、大丈夫ですか？」

看護師の声で目が覚めた。

「ずいぶん、うなされてました」

「ああ、すみません」

「天宮さん、内地へ戻っていただくことになりました」

「そうですか？」

ここに運ばれて以来、世話をしてくれている看護師の西村からそう告げられた。西村は士本大尉のいとこにあたり、大尉は芳雄のことを心配して、何から何まで手配してくれた。

「そうですか、内地へ行く前に大尉にお礼をしなければ、大尉は北京ですよね？」

「いえ、もう北京にはいないです」

「ええ!?　どこへ？」

「彼は、フィリピン方面へ転戦を命ぜられました」

「本当ですか？」

対米戦に備えるのか？　あの浦壁さんの言っていたことが本当なのかもしれない。芳雄は迫ってくる底知れぬ恐怖に凍り付いた。

「天宮さんは広島です。そこに陸軍病院がありますから、ゆっくり治してください」

「西村さんたちは、いずれ日本へ帰れるのですか?」

「さあ、戦況次第でしょう、私たちは命令に従ってあなたたちを助けるだけですよ」

立派だ、さすが土本大尉のご親戚だ、芳雄はその覚悟に改めて深い敬意を持った。

一向に熱の下がらない芳雄は喀血もするようになり、肺病、結核に罹ってしまったこともわかった。即、青島陸軍病院へ転送、内地へ送還されることになった。

「一つお願いがあるんです」

周囲を見渡し、人のいないことを確認してから西村がマスク越しに小声で話しかけてきた。内地へ戻るために青島へ向かう前の晩のことだった。

「広島の陸軍病院に私の親友の山岸さんという看護師がいるんです。この手紙をあなたに託しますので渡してください、必ず」

「普通に郵便では?」

「それは困るのよ、こっそりとお願いします」

昭和十八年四月には海軍の山本五十六元帥が戦死、日本に暗い影が落ち始めた。

青島港で傷病船に乗り込むときに声がしたので、振り返ると安田だった。

「曹長、ご無事でしたか……」

「おお、安田！　あのときはありがとう。お前が助けてくれたところから記憶がないんだよ。恥ずかしながら」

「やはり、足のお怪我が……」

「なに、片足で銃剣振り回すくらいはまだなんとかなる、お前はどこへ向かうんだ」

「南方です、サイパンのようです」

「そうか……お前も南方へ行くのか……内地へは戻れるのか？」

「わかりません、できれば長野の実家へ、母に一度会ってから行きたいと思います」

「そうだよな……そうか、そうだよな。お前も独身だもんな……母親には会いたいよな」

「はい、せっかく内地に寄れるなら、母親の料理を食べてから行きたいです！」

　芳雄は黙ってうなずいた。

「そうだ、よかったら、これ持って行ってくれ」

　芳雄は自分の拳銃を安田へ渡した。

「いや、これは受け取れません」

「いいんだ、俺にはもう必要ない、内地の病院だ。それに俺には自殺する勇気もないしな。お前とは今日が最後かもしれない。持って行ってくれ、守ってくれるはずだ」

　安田はそれを受け取り、敬礼して輸送船に乗り込んでいった。

　芳雄は八月二十四日に内地へ送還のために青島港を出帆した。船はたくさんの傷病兵で溢れていた。日本赤十字のマークを付けた看護師たちが、休む暇もなく、食事を立って摂り、白衣を着たまま毛布一枚で寝ていた。芳雄たち傷病兵は、バラックのような病室、板張りの床に寝て血を吐きながら、まるで大地震のように揺れる船内に這いつくばっていた。夢と希望に溢れ大陸へ渡ったときとは真逆の悪夢に誰もがうなされていた。

　三日目に山口県と福岡県の間、門司を潜り抜け瀬戸内海へ、広島の宇品港へ着いた。下船するときは、祖国、内地へ戻れた安堵感などどこかへ飛んでしまうほど疲れ果てていた。マスクと手袋を付けた若い少年兵が手助けをしてくれ、松葉杖の芳雄にも肩を貸してくれた。

「君はいくつだ？」

「はっ、十七歳であります」

「どこから来た？」

「江田島です、海軍兵学校です」

「そうか、優秀だな。なぜこの港に？」

「はっ、ときどき手助けを命ぜられることがあります」

「そうか、確か呉には海軍病院があったな、そっちにも負傷兵は運ばれてるのか？」

「はい」

「負傷してない兵は？　内地で少しは時間が取れるのか？」

「自分はわかりませんが、そのまま南方へ行くことが多いと聞いております」

「そうなのか……君は？　将来は、パイロットか？」

「いえ、自分には適性がないと。一人乗りの潜航艇が向いてると言われました」

「そうか」芳雄は驚いた。

「君、名前は？」

「平林と申します」マスクを一瞬外し答えた若者は、誠実さで溢れていた。こんな若者が日本を背負ってくれるのなら、この国は絶対に大丈夫だ、芳雄は自分に言い聞かせた。芳雄は陸軍の救護車に乗せられ、広島陸軍病院へと運ばれた。このあと、三国同盟の一角、イタリアが連合国側に降伏した。

しばらく入院することになった芳雄は、すぐに手紙のことを思い出した。

「こちらに、山岸さんという看護師さんはいらっしゃいますか？」

「えーと、おります。今日はお休みだけど、明日は来ます」

「そうですか、では明日私のところへ来ていただきたいと」

「かしこまりました」師長らしき女性が丁寧に答えてくれた。


「あなたが山岸さんですか？」

翌日、隔離された病棟にやってきたのは、細身のすらっとした、そして優しそうな看護師だった。

「はい、山岸です」

「西村さんという日本赤十字の看護師さん、ご存じですか？」

「はい」

「これを預かってきたので」

差出人に西村尚美と書かれた手紙を渡すと、山岸は緊張した面持ちで受け取った。

「陸軍曹長として、検閲する義務もあるのだが、お世話になった西村さんの頼みだしと思い、そのまま開けずに持ってきました」

「あ、ありがとうございます」

「もう、僕はこんな状況です。差し支えなければ、差し支えないところだけでも良いので、聞かせてもらえませんか？　ここには憲兵もいないし、誰にも聞かれることはありません、安心してください。最前線の戦況を看護師は、西村さんはどう見ているのかが知りたい」

「わかりました」

先に手紙に目を通しているうちに、彼女は震え始め、口をおさえ大粒の涙を流し始めた。満洲の前線では、日本人婦女子が、赤十字看護師だろうとソ連兵や匪賊に襲われていること、山岸に赤十字看護師として中国大陸へ来るべきではないと書かれていることを教えてくれた。涙声で話す山岸はかわいそうだった。

「ありがとう……この話がもれることはない、西村さんに迷惑がかかることはないことは約束する」

山岸はお辞儀をして部屋を出た。

「ちょっと待って」出かかるところを呼び止めた。

「はい」下を向いている彼女はまだ泣き顔だった。

「あなたは家族、親戚が近くにいますか?」

「あ、はい、両親、弟が」

「その人にその手紙を託しておきなさい、あなたが持ってないほうがいい」

「はい、ありがとうございます」

戦況はどうなっているのか? もしかすると日本は負けるのか? 得体のしれない恐怖が、芳雄の体も国家も覆ってきているような気持ちになった。

九月七日には東京第二陸軍病院へ転送された。それは甥の忠行の誕生日だった。

負傷兵で溢れている病院で、隔離された病室にいた芳雄は、無為の時間をただ過ごすだけだった。もう千絵を夢に見ることもなく、ただ死を待っているような自分が嫌で嫌で仕方がなかった。帝国陸軍軍人という誇りと自信は崩れ去り、何もなかった。やがて意味のない入院生活もいつの間にか雪が降ってくる季節になった。

「もう終わりだなあ……重人さんは、無事かなぁ、岡崎はどうしてるだろう。土本大尉は？　西村さんは？　矢田さんご夫妻は？　周燕は？　安田は？　みんな大丈夫かな……」

　太平洋を北上してくる米軍に対し戦力を割かなければならない日本に、満洲を守る力はもうないのではないだろうか……。もしかすると、岡崎の言った通り、二・二六事件の青年将校たちの危惧していた通りなのかもしれない……。芳雄は傾いていく日本の命運と共に自分の死期を感じていた。

「お母さん、いままでありがとう。僕はもう駄目でしょう。親孝行などほとんどできませんでした。満洲征きの前の晩のお酒は美味しかった。お母さん、兄さんたち、忠行、信行、英行……そしてこれから生まれてくる彼らの子ども、孫たち、この国の未来の子どもたちへ……僕が死んだところで、戦況にはなんの影響もないことはわかっています。僕ら軍人は、開戦の御詔勅『神々のご加護を有し、万世一系の皇位を継ぐ大日本帝国天皇は、忠実で勇敢な汝ら臣民にはっきりと示す。私はここに米国及び英国に対して宣戦を布告する。私の陸海軍将兵は全力を奮って交戦に従事、私の政府関係者は職務に身をささげ、私の国民はおのおののその本分をつくし、一億の心をひとつにし、国家の総力を挙げこの戦争目的を達成するために……このような事態は私の本意ではない……我が帝国は自存と自衛の為に決然と立ち上がり、一切の障害を破砕する以外にない。私は、汝ら国民の忠誠と武勇を信頼し、……東アジアに永遠の平和を確立し、帝国の栄光の保全を期するものである』この陛下の貴いご覚悟に唇を噛み締め、ただただ懸命に生きてきました。民族存亡に賭けた人生を恥じることは何一つありません。ただ僕らが死んだあと、この国がどうなっているのか、子どもたちがどうなってしまうのか？　それだけが心配です。きっと、いつの日かこの国の未来の子どもたちが、桜の季節に九段の靖国へ来て、黙禱を捧げてくれるはずと信じ、戦友たちとともに静かに待っています。忠行には無理をするな、必ず生き抜いてくれと。忠行、信行、英行たちに、僕らのことを、真実を、必ずお前たちの子ども、孫たちへ伝え続けていってほしいと伝えてください。さようなら、ありがとう。

魂《たま》尽き　夢枯れ　散り果て逝くは　九段の社《やしろ》」

と遺言のような手紙を母に宛てた。

芳雄は昭和十九年の冬、東京第二陸軍病院で死んだ。幾百万の兵士たちと同じように、文字にも言葉にも表し尽くせない想いを持ったまま……。

そして、未来の子どもたちの誰かがメッセージを受け取れるようにと、敢えて二月二十六日を最期に選んだ。そして芳雄はこの死をもって陸軍准尉となった。

しかし、芳雄の手紙は母と甥たちのもとへは届かなかった。……享年二十九歳。

注4　満鉄……南満州鉄道株式会社の略。日露戦争に勝利して得た鉄道と利権の経営のためにで

きた半官半民の国策会社。鉄道だけでなく、重工業、鉱業、水運業、電力、土木、病院、映画教育など多岐にわたる産業を束ねる一大コンツェルン。

注5　委任統治領……第一次大戦後にできた国際連盟（常任理事国はイギリス、フランス、日本、イタリア、ドイツ）が定めた地域。植民地として支配や搾取をせずに将来独立できるようにサポートすることとした。

点が線に

敗戦直後の十月、大正時代に国際協調外交を担ったとされる弊原喜重郎男爵が首相に再登板することになった。

大正十五年に生まれ、大学生のときに近衛師団に入隊した父は、戦後、その内閣のある大臣の秘書官付の事務の仕事に就いた後、経済安定本部で働いていた。やがて肺を患い、空気のきれいな地方へ移住、そこで教師となった。

僕は父からは戦争の詳しい話を聞いたことはほとんどなかった。時折、酒が入ったときに、入隊するときは死を覚悟したと言っていた。ただ同世代の友人たちが特攻作戦や玉砕戦に命を散らしていたので、饒舌に語れることなど何一つなく、思い出したくないという思いもあったのだろう。どの部隊に入隊したか、どの戦地へ征ったのかは話さなかった。運命はみな紙一重、〝神〟一重だったと言っていたことは記憶にある。出征のときは一族の誉れとして盛大に見送られ、運命の八月十五日を迎えてから任務を解かれたのは九月七日だったそうだ。

その後は、敗戦国となった惨めさとひっくり返った価値観の中で、経済成長に邁進する日本と日本人の姿を見つめながら、〝あの戦争は一体何だったのだろう?〟という思いを抱き、その迷路の中から自分の居場所を探すのに苦しんだと思う。

父にガンが見つかり、闘病の末亡くなったのは、昭和天皇もお亡くなりになり、昭和が終わる年だった。父は、大正十五年、昭和元年生まれだからちょうど昭和の時代だけを生きたことになる。休学してカリフォルニアに留学していた僕は、最期には間に合わなかった。死に際には「センユウガキテル、センユウガ」と語っていたと、あとで母は話していた。

それから、僕は漂流する自分の人生の中で、子どものころに感じた何かを感じることのできない年月を過ごしていた。社会人になって深い海の底からなかなか這いあがれない人生の中から、ようやく波の上にある僅かな一筋の光を垣間見ることができたのは、中国から帰ってからのことだった。

父の死から十年後には母もガンになり入院し、その見舞いに行ったときのこと、「アルバムや写真とか見て整理しておいて」と母に頼まれた。ガン治療で髪が抜け、カツラを付けていた母は死期を感じていたのだろう。実家には、家族旅行の写真などが綴じられたアルバムがいくつかあった。片付けながら懐かしい写真を眺めているうちに、その中に今まで見たこともない、サイズの違う古く黒いアルバムがあった。開いてみると一枚目には父が出征のときの写真があった。日の

丸をたすき掛けにして、家族やたくさんの人の振る日の丸に囲まれていた。凛々しい若き日の父だった。

「こんな写真があったのかぁ」そう思いながら一枚めくり、二枚めくり……出征前の友人たちとの写真が続いた。

　そして、何枚かめくったところで、息が止まった。父親でない誰かが軍服を着ている。機銃を持ち片膝を着いている男の大きな色あせた写真。顔ははっきりとわかる。それを見ているうちに鳥肌が立ってきた。間違いなく何かが僕の魂を鷲掴みにした。

　次々とその見知らぬ男の軍隊時代の写真が続く。慰問袋を持っている寂しそうな顔、小さい子を抱き上げている悲しい顔、そして、その男は軍服を着て二胡を弾いている。どの表情も曇っている、憂いのある顔ばかりが写っていた。でもその顔は、誰かに何かを訴えかけているような感じもした。まるで現在から過去へ一気にタイムスリップして僕に語りかけているような感覚になった。

「これは誰だ?!　なぜ父のアルバムにいる?　中国?　満洲か?!」

　鷲掴みにされた魂が震え出し、涙をこぼし始めた。

各都道府県の県庁には、軍人の辿った軌跡や軍歴が残されていて、遺族に公開してくれる。僕は、父の記録を閲覧し、そこに写真に写っていた男についての記載も見つけた。

その軍人の名前は天宮芳雄。父の叔父だった。僕が中国へ行ったのも、芳雄が中国へ渡ったのも同じ歳、帰ってきたのも同じ二十九歳だった。

点が線になった、すべて自分が自分の前世に気付くための神々から与えられた課題だった、そう思えた。自分の前世、それがやがて確信に変わり、僕の人生は違う歯車が回転し始めたように動き出した。

それから、毎月のように、仕事で近くへ行くたびに靖国神社に行くようになった。そして、日本中どこへ行っても、海外でも必ず、敵味方民族国家国籍を問わず戦争で犠牲となった魂に想いを馳せ、慰霊に行くようになった。

大学のときの彼女と会い、そして歩いた市ヶ谷の遊歩道は九段の杜《もり》。靖国神社の本殿にお参りすると、彼女が学んでいたキャンパスの棟が右上に聳え立っていて視界に入ってくる。それも気付いてくれというメッセージだったのかもしれない。

各県の護国神社、沖縄の平和の礎、ひめゆりの塔、知覧、鹿屋、回天神社、元予科練航空基地、長崎、広島、東京大空襲の慰霊堂、サイパンのバンザイクリフ、パールハーバー……。

沖縄では、大学時代の友人に案内してもらった。彼女も不思議な縁を感じていた友人の一人だった。卒業してからでも、いつかまた必ず会えるような気がしていた。沖縄を訪れる人が普通はあの観光地へ行きたい、あそこで遊びたい、何を食べたい、あのパワースポットへという人ばかりなのに、「まず初めに慰霊に行きたい」なんて言ってくれた友人はあなたが初めてて！　と喜んでくれた。僕はひめゆりの女学生たちの顔写真を一人一人しっかり見て回った。どれほどの地獄を体験したのだろうかと思うと胸が詰まる……沖縄に生を受ける魂には特別な意味があると思った。

あの戦争で命を落とした世界中の人々の魂が、潜在意識が、僕に送り続けていたメッセージ、天宮芳雄はそれをずっと僕に送り続けてくれていたんだ、「気付いてくれ」と。

その後、運命が変わりだし、何かに運ばれるように勝手に人生が歩き出していった。僕は、米国系保険会社でフルコミッション営業の世界に身を置いていた。結婚もし、子どももでき、厳しい世界ながら小さな幸せを感じつつ生きていた。この会社はアジアの上海が発祥、それだけでも深い縁を感ぜずにはいられなかった。二〇〇〇年代初めのフォーブスの売上・利益・総資産・株式時価総額では金融機関、石油会社が上位を占めていて、その会社は世界四位にいた。

ソ連が崩壊し、米ソという東西の横綱が対峙していた時代が終わり、米国一強時代、その恩恵にあずかり、安泰で豊かな時代を過ごしていた、そのはずだったが、やがて大きなメッセージを受け取ることになった。

　その仕事を始めてから十年目、あのリーマンショックがやってきたのだ。僕の属していた会社はその主役の一人となってしまい、破綻するのではという騒動になった。ある朝、待ち構えていたテレビ局のレポーターに出勤途中のオフィスビルの前で捕まってしまった。

「お客様になんと？」

　僕は何も答えられなかった。ほどなくしてFRBの巨額の救済措置が講じられ、事なきを得たのだけど、そこには背後に迫る不穏な足音が警告音のように僕に響いていた。このままではお客様を時代の犠牲者にしてしまうかもしれないという恐怖を感じた。

　ただ今回は、なぜかまた海の底へ落ちていくのかという不安感はなかった。今回はそうはならないはずだ、これは間違いなく、人生の舵を切れというメッセージではないかと思えた。

　舵を切るチャンスと思った僕は、休みを使って、あの世界、前世療法の世界を学ぼうと思い立ち、行動した。

　Y博士の研修に迷うことなく申し込み、リーマンショックの翌年の夏、ニューヨーク郊外の研修施設へ向かった。『前世からのメッセージ』の本を手にした時から二十年以上が過ぎていた。

　自然の中にあるその施設は、朝はリスが散歩していて、食事はオーガニック、すべてが穏やかな空間だった。九十か国から百名近い、いろいろな仕事に就く人がいて、研修の休憩時間での交流も楽しかった。自己紹介で、僕はあの悪名高き保険会社の社員です、と言ったらうけてしまい、笑いをとれた。

Y博士と親交が深く、日本のヒプノセラピストの第一人者であり、この世界の泰斗であるK先生が、研修の合間に日本からの参加者に特別にY博士と面談できる時間を取り計らってくれた。穏やかな笑顔を絶やさないY博士は、存在そのものが癒しだった。

「ここに来るまで、あなたにお会いできるまで二十年以上かかりました。この本は父が死んだときに買ったんです」と話すと、日本から持っていった、何度も読み返してすっかり色あせた『前世からのメッセージ』にLove と書いてくれた。

この束の間の癒しの時間の間に、やがて終焉を迎えるだろうグローバリズムとアメリカ一極覇権、行き過ぎた強欲資本主義の崩れていく足音を聞いたような気がする。そして、いずれそれは大衆の不満に裏打ちされた自国優先主義、ナショナリズムに振り子が振れることを予見させてくれた。

研修の後には、マンハッタンに泊まり、せっかくなのでウォールストリートにある本社ビルへ行ってみた。地下鉄の駅を出ると周囲は見上げるほどの高層ビルばかり。いかついガードマンから「エグゼクティブとアポイントメントはとってあるのか？」と聞かれ「そんなものはない」と答えた。それならダメだと言われたけど、日本の社員証を見せて、日本のお客様がどれほど心配したのか、従業員がどれほど神経をすり減らしたのかを話したら、〝Oh, sorry my friend〟と言って、写真はだめだけど、と条件付きながら少しばかりビル内を見せてくれた。そして、僕は十年間の感謝を告げて、さよならを決意した。

日本に戻ってから、僕らの独立をサポートしてくれるある保険会社の担当者と、事務所にする予定のビルのある最寄り駅で初めて会ったのはまだ残暑厳しい日だった。

「初めまして、藤川です」と眼鏡をかけたまじめそうな印象の男が差し出した名刺を見て驚いた。〝藤川近衛〟と書いてあった。

「この名前は誰が付けたの？」

まずこの質問をせずにはいられなかった。

「祖父です」

「藤川さんはいくつ？」

「三十六歳です」

「おじいちゃんって、もしかして軍隊にいた？」

「はい、そうです」

「この名前ってさ、もしかして近衛師団？」

「ああ、たしかそうです、よくご存じですね」

神々はこんな粋な計らいをしてくれるのか？　と思いながら飲んだコーヒーがゆっくりゆ

っくりと喉を通り過ぎた。

一通り話が終わり、ここに日付と名前を書いてくださいと言われ、サインするときに今日は何日だっけ？　と考えていると「九月七日ですよ」と彼が笑顔で答えてくれた。

そして、僕はささやかな希望を胸に会社を辞め、数人の仲間と独立。マンションの一室で、段ボール机の上のパソコンで仕事を始めた。藤川さんの期待をはるかに超えた情熱とサポートが僕らを大いに救ってくれた。

逃避行

友紀は離婚を決意した。

シングルマザーになることへの経済的な怖さも当然あった。しかしもう我慢を続けて生きていくことに対する怖さの方が上回った。

大学を出て、商社に就職。もともとキャリア志向でもなく、こういう仕事をしたいという強い思いもなく生きてきた友紀は、同じ会社の三年先輩の男性と、入社して一年目から付き合い始めた。彼から食事に誘われたのがきっかけだった。普通に結婚して、子どもを持ち普通に主婦として生きていきたいと願っていた彼女にとって、それはレールに乗ったと思えたし、それで十分幸せだった、そのはずだった。

結婚して一年目に息子が産まれた。毎朝出勤する夫を見送り、息子を育てる毎日。何気ない日々の中で、友紀を覆い始めていた恐怖という感情。その恐怖は日に日にエスカレートしていった。結婚当初から、少し短気だった夫に心配はしていたが、妊娠しているときに酔って帰った夫におなかを蹴られそうになったことがある。そのときは懸命にお腹の子を護った。

その後は夫も反省したようで、頭を下げてきたので、友紀は忘れることにして、子育てにすべてを注ぐ毎日を過ごした。しかし、確実に夫との精神的な理解や絆などは失われていった。心が安らげるのは、夫が出張しているとき。そのときこそ自宅でゆっくりと過ごせた。

自分の心境も影響しているかもしれないが、その後二回妊娠はしたものの、いずれも早期に流産してしまった。友紀は夫とのセックスが苦痛で苦痛でしかたなかった。自然にセックスレスとなり、距離はどんどん遠のいて行った。

「友紀、ヒプノセラピー受けてみたら？」

唯一安らげる、夫が出張しているときに中学生からの友人、孝子に言われた。何でも相談できる彼女には、時折自分の悩みを打ち明けていた。

「何それ？」

実家から来ている母が息子の面倒を見てくれているときに、気晴らしのランチを楽しんでいたところだった。

「前世療法って、聞いたことない？」

「えー、今までそういうことに関心持ったことないわ」

「そんな短気の暴力夫と向き合っているとあんた病気になっちゃうよ」

「そうねえ……」

「それに友紀は昔から水がダメでしょ？　プールも苦手、いくら海に誘っても絶対に行かなかったじゃない、なんかあるんじゃないの？」

確かに自分は海を見ていると気が狂いそうになってしまう。プールは少しは我慢できるけど、なぜか海の大嫌いな子どもだった。

孝子は、自分も受けてみたというヒプノセラピストのＨＰのアドレスを教えてくれ、覗いてみて興味が湧いたら、予約してみたらと勧めてくれた。

「前世を知って何になる？」という疑問もあったし、少し恐怖もあったものの、今の心境から何か救いを求めたい一心で、そのセラピストのセッションを予約した。

予約の時間にその部屋へはいると、そこは真っ白い壁で、とても落ち着いた雰囲気の場所だった。その男性セラピストは、柔和な笑顔で迎えてくれ、とにかく何か、子どものころの「ごっこ遊び」をする感覚で気楽に楽しんでくださいと言って、友紀の不安を和らげながら、深い催眠状態へと誘導していってくれた。


「どんな服を着ていますか？　そしてあなたは今どこにいて、何をしていますか？」

着物を着て船に乗っていた、女性だった。どこかへお嫁に行くような感じだった。

「日本？　日本人のようです」

どこかへ向かっている、どこ？　アジア？　他にも仲間がいる、孝子？　孝子の前世も一緒だった。ものすごい波で船が揺れている。

でも、何か希望に溢れていて楽しい感じがした。

異国の港に着いた。そこには自分や孝子、その他女性がたくさんいる。結婚するために来た。日本では貧しくて生きて行けずに来たような感じ。ここは中国のようだ。迎えてくれたのは日本人男性だった。ぶっきらぼうで、荒々しいような感じがする。農業をやっている、豊作で幸せな感じ。家は立派ではないけど、のんびりしていて楽しい。そこで、女の子が一人できた。

一緒に来た女性たちもみんな結婚して、一緒に農業をやっている。みんな子どもが生まれた。病院もなくみんな自分で子どもを産んだ。たらいにお湯をためて、みんな自分の力で子どもを産んでいる、すごい。

「家族三人、幸せです」涙が一筋こぼれた。

次にその人生であった大きな出来事へ進むと、夫は既にいなかった。軍隊に召集されたようだ。幸せが崩れている。何か身の危険が迫ってきている気がして、怖い。

軍人さんが目の前に現れて、「逃げろ！　南へ、内陸へ行くな、どこでもいい、港へ、船が出るところへ、南へ行け」と叫んだ。

「一体何が起きてるんですか？　夫が軍隊にいるんです、黒竜江へ行ってるはずなんです。帰りを待って——」

「あきらめろ、それなら無理だ」

「えっ、そんな」

「ソ連兵が来ているんだ、国境沿いの守備隊はもう全滅だ」

　軍人さんはものすごい形相で押し出してくれた。「行け、俺たちが時間を稼ぐ、生きて日本へ帰るんだ！」

　そこからは、村の人々、同胞日本人たちと一緒に三歳の娘を連れて南へ、南へと逃避行が始まった。そのときには既にお腹に赤ちゃんがいたのだけど、流産してしまった。飢えと恐怖と娘を背負い道のない山の中を集団で歩いている。娘に食べさせられるものはない……。気が付くと、おぶっていた娘はやせ細り、死んでしまった。涙すら出なかった。


　そこでセラピストの声に尋ねられた。

「これまでの人生で、誰か似ているような人、この人かもしれないという方はいませんか？」

「りくと？　陸翔⁉　ああ、そんなこと……あの娘は息子の陸翔です」

「その亡くなってしまった娘さんの魂と対話してみましょう」

「ああ、そんな……また私を選んで生まれてきてくれたのね？」

「今のお母さんの言葉を聞いてどう思いますか？　お母さんに何か伝えたいことはありますか？」

「ママ、今度はね、僕がママを守れるように男の子で生まれて来たよ。一緒に頑張ろう」

　涙が溢れて止まらなかった。

次の大きな出来事へ移るとすべてが恐怖と暴力に支配されていた。私はソ連兵にレイプされていたのだ……。

セラピストは、私の恐怖と暴力に支配された心を癒し、徐々に落ち着かせてくれた。

女性たちはみな髪を切り男装した。昼は山中に潜み、夜になるとただひたすら歩いた。匪賊に襲われることも多く、生きることをあきらめ自殺したものもいた、泣く泣く幼子を置いてきたり、途中で仲間を見捨てながら道のない道を歩いていく。そんな中でも自分で出産した女性もいた、無事に育てることができないとわかっている出産なんて酷すぎる。地獄のような逃避行だった。全員がとにかく自分だけが生き残るために必死だった。

何とか港に辿りつき、日本本土へ帰る船に乗船できた。自分が妊娠してしまっていることに気が付いて、これからどうやって生きていくのか考えると恐怖で気が狂いそうだった。

前世の最後の死の場面は、冷たい海のようだった。孤独だった。ソ連兵との子がお腹にいて、帰りたくても帰れない自分を思い詰め、日本へ帰る前に海に身を投げたのだった。とても悲しい最期だった。

なぜ、今の夫と結婚したのか、なぜ離婚を決意したのか、いろいろなことが少しずつ氷が解けるようにわかってきた。

自分の潜在意識の中で、神々のような、何か大いなる存在、に問うてみた。

「私はいったいこれからどうやって生きていくべきなのでしょう？」と。

「すべてを案ずることなく、委ねること」というメッセージが聞こえてきた。そして、「あなたにもできること、人々の命や暮らしを守ることで役に立てること、やるべきことがあるはず」

そう答えただけで、その存在は静かに消えていった。


セッションが終わってからの帰り道、いつもの駅を降りて帰る道だったが希望に満ちているようだった。きっとうまくいきそうな気がする。

半年後には親権と応分の養育費を確保する形であっさりと離婚することができた。友紀は不安よりも希望が、自分の思考の中で大きくなっていくことを感じた。

そして、この離婚という転機の中で、学生のときにトライしてやめてしまった資格を得る勉強を始めた。

ガン闘病

平林先生の鞄持ちとして同行した北京で出会い、日本に戻ってからは、二胡をいただいたお礼で食事をした。あれから何年になるだろう？　その後、日本の旅行会社で頑張っていた張さん。自分の旅行の手配などをときどき彼女に頼んでいた。

Y博士のニューヨークの研修のときもホテルと航空券をお願いした。それから数年の間、独立して忙しかったこともありお願いすることがなかったのだけど、久しぶりにその旅行代理店に連絡すると、休暇中とのことだったので、中国へでも帰っているものと思い込んでいた。

その後、また旅行の手配を頼もうと勤務先へ連絡したものの、まだ休みが続いているという返事に、もしかして何かあったのかと思って、慌てて〝一度会えませんか？〟と、本人に直接メールしてみた。

「わかりました、その日なら、動けると思う。私の保険もみてほしいし私頑張るわ」と彼女から返信がきた。やっぱり何か病気かなぁととても心配だった。

待ち合わせの駅前のカフェで待っていると、張さんがやってきた。ニット帽を深くかぶり、顔はやせ細り、力なく歩いてきた。見るからに痛々しかった。目の前に座って紅茶を頼んだ

彼女は、

「ハオ　チウ　プーチェン（久しぶり）？　私はこの通り、大変」

力の無い声で話す彼女は気の毒で仕方なかった。

「えっ、どうしたんですか？　やっぱり病気？」

「実は病気、肺ガンなんです。一度入院して抗ガン剤試したんだけど、数値がよくならないの……私どうしよう」

明後日からまた入院予定ということだったので、とにかく、入院に必要なものについて話をした。

「これが自分が入っている保険です、預金はこれだけある」

彼女の示した保険の内容を見て、表情を変えないよう気を付けた。ガン保険、ガン特約が無かった。預金額は、十分ではないかもしれないけど、当面はなんとかなりそうに思えた。

「ご両親は東京へ来る？　それともいずれ張さんが中国へ帰るの？」

「私、日本で死にたいの」

「何言ってるの……」

「けっこう、ガン治療ってお金がかかるのね……」

かける言葉が見つからなかった。

「両親は日本で頑張っている私が自慢だったの、そのまま自慢の娘であり続けたい」

万一のことがあれば、残った預金、そして骨の一片を中国の両親へ届けてほしい、それが彼女の願いだった。僕は、また病院で会う約束をして別れた。

その一週間後、彼女が入院している都内の病院へお見舞いに行った。少しでも何か希望をと思い、前世療法でいろいろな病を克服した体験談の本を薦めてみた。

「私、駄目なのはわかっているの」

「………」

「死を待っているこの時間が辛いわ」

カフェで会ったときより、目にも声にも力が無くなっていた。

その四、五日後、病院の近くでの仕事があり、終えてからまた彼女に会いに行った。

「これ、ありがとう。読んでみた。けどページをめくる力も無くなってきて」

「………」

「私に奇跡は起きそうもないわ」

「プーヤオ　シュオ　チェイヤン、ダ（そんなこと言うなよ）」

日本語で話す言葉が見つからず、とっさに中国語で言った。

「我非常感謝（感謝してるわ、とっても）」

ちょうど、その一か月後、K先生がY博士を日本へ招聘して、講演とワークショップをすることになっていた。

「一緒に出てみないか？　もしかすると——」

彼女は力なく目を伏せ、首を横に振った。

「ありがとう、もういいの」

彼女の希望をできる限り実現すべく、弁護士の先生にも来てもらい、彼女の死後の整理をどうするかを病院の休憩室で話し合った。点滴を受けながら、車椅子の上で力なく話す彼女。

「すべてお任せします」

僕は、なんとか頑張って！　なんてもう言えなかった。早く楽にしてあげたい、そうとしか考えられなかった。

「残したい言葉や、伝えたいこと、他に何かある？」

「もう十分です、ありがとう」


その数日後、彼女からメールが来た。

『天宮さん、いろいろとありがとう、明日からホスピスへ移ります』

最後にこれは伝えよう、そう思って、

『前世での君は、僕に二胡を教えてくれたんだよ。笑うとできるえくぼで気が付いた。こちらこそありがとう』と返信した。

『真的？（本当？）……』

これが最後のやりとりになった。彼女の願いを実現することが、僕にできる砂粒のような日本と中国の友情の架け橋だと思った。

彼女が亡くなったのは、Ｙ博士の来日講演初日の朝だった。きっと最前列に座ってるんだろう……。

おばあちゃんの百年の恋物語

「お兄ちゃん、大変」

妹からの電話で賢祐は目を覚ました。

「なんだよ」

賢祐は昨日も遅くまで仕事をしていたので、疲れ果てていた。海外の機関投資家相手の取引に日本時間は関係ない。しかも大きな取引となれば神経も磨り減る。そんなときに妹からの電話は迷惑以外の何物でもない。

「なんだよ？　こっちは疲れ切ってんだよ」

「おばあちゃんが大変なことを！」

「いよいよか？」

「いや、そうじゃなくて」

もうすぐ百歳になる祖母は施設に入っていた。呆けているわけではないのだが、いかんせん体がもう弱っていて、どうにもならずに施設に入って七〜八年になる。

「私が死んだら、この写真を棺にいれてほしい」

妹が施設に会いに行ったら、そう言って祖母が写真を渡してきたらしい。

「えっ、これは誰?」

「私の旦那さん、最初の。このことはあなたとけんちゃん、三人だけの秘密、他の誰にも言っちゃダメだよ」と、祖母はきつく念を押したようだ。

その写真は、祖父ではなかった。当時、たくさんの女性が戦争未亡人となり、辛い毎日を過ごした。祖母もその一人だったのだ。幼少だった賢祐の父親を連れ子として再婚。親戚の中で、肩身の狭い思いをしながら、そのことを息子にも孫にも伝えることなく静かに、ただただひたすら静かに生きてきたことがわかった。

どれほど辛かっただろう……。

最初は妹の電話に頭にきた賢祐も、その話を聞いて何かが胸に落ちてきた。そして妹の話を聞いているうちに言葉が見つからなくなった。


「俺さぁ、その人は賢祐の前世じゃないかと思うんだよ」

天宮真輝がヒプノセラピストになっていて、その世界のことを学んでいることは既に知っていた賢祐は、特にそれを疑う様子もなく話を聞いた。

「俺にはよくわからないけど、そういうこともあるんだろうなぁ……」

「うん、魂は生まれる時代と場所と親を選んで、使命を持ってやってくるんだ」

「そうか」

有楽町ガード下の焼き鳥屋で、ホッピーのお替わりを頼みながら話した。真輝と賢祐は中学からの腐れ縁。賢祐は気の短いところが玉に瑕《きず》だが、なぜか憎めない。真輝とは全く正反対の性格ながら、縁が途切れない不思議な関係だった。

「そのお爺さんの名前を、そしてその軍歴を調べてみてくれ。各都道府県の福祉課なら、軍人たちの証跡、軍歴などが残されている。その人、部隊によってまちまちだけど、ある程度のこと、そしてどこで戦死したかがわかるはずだから」


一週間が過ぎて、真輝の元へ賢祐の妹から手紙が送られてきた。

写真の人物の名前は大山重人。賢祐の妹からの手紙に書かれたその人の軍歴を読んで、真輝は深いため息がでた。

宇都宮の連隊から、満洲へ。そしてその後、南方パラオへ送られ、そこから転戦、ニューブリテン島で戦死と記録されていた。この人が、まだ見ぬ我が子を想いながら、ほんの数か月の新婚生活しかないまま、遠い南の島で、「なぜ?」「どうして?」と叫びながら死んだことを思うと言葉が出ない。

「賢祐、お前とおれは前世で一緒に満洲へ行ったんだ、俺は負傷して内地へ戻ってから死亡。お前は南方の戦線に送られ、授かった子どもに一度も会うことなくこの世を去った。そして、それを誰かに気付いてほしくて、俺たちは同じ時代に生まれて、共に生きることになったんだよ」

また同じ焼き鳥屋で一緒に焼酎を飲みながら、真輝は彼に静かに話を続けた。いつの間にかこの店は真輝の前世療法のスクールと化していた。

「そういうことか……」

「見てくれ、地元の護国神社の名簿だ。ほら、俺の前世とお前の前世の名前が仲良く並んでる、このことに気付いてくれ、気付いてくれというメッセージがずっと送られてきてたんだよ」

リアリストの賢祐だったが、まんざらすべて否定できない話のように思えてきた。

「俺が離婚したのも何か関係あるのかなぁ……」

賢祐には男の子が一人いるのだが、親権は母親が持っている。彼にとって子どもとの面会は、人生で最も大切な時間だった。

「今度、子どもを連れて靖国神社へ行ってくるよ……真輝の前世は遊就館のどこに写真があるんだい？」

「花嫁人形が飾られている壁の裏側のパネル……おばあさんには会う予定はある？」

「ああ、いずれな」

「その時さ、やっと辿り着いたよ、あなたの愛していた人にって、伝えてあげたら！」

「そうか、そうだよな」賢祐は静かにジョッキを置いた。

「おばあさんは、そのことを誰かと分かち合えるまでは死ねない、死なないんだよ」

空気のきれいな川沿いの介護施設に入っている百歳を迎えた賢祐の祖母。車いすだが頭はしっかりしている。賢祐が訪れたのは緑のきれいな五月の連休。車を駐車場に止め、部屋へ向かった。祖母は、車いすで静かに目を閉じていた。

「よう、おばあちゃん。元気かい?」

「ああ、けんちゃん、来てくれたのかい。ありがとう。忙しいんだろう?」

「ああ相変わらず忙しいけど、それより大事なことを報せにきたよ」

いつも冗談めいた会話しかしてなかった祖母と、初めて真剣に向き合うことが照れ臭かった。賢祐が、大山重人の軍歴、護国神社の名簿を見せながら、

「おばあちゃん、たどり着いたよ、この人に」

と話すと、祖母はたちまちしわだらけの顔をさらにくしゃくしゃにして涙を流し始めた。賢祐の手を握りながら話をする祖母、ずっとずっと堰き止めていた思いがまるでダムが決壊したように流れ出した。

それは祖母の旦那さん、賢祐の実の祖父。祖母はそのことをずっと誰にも話さずに生きてきた。そして死ぬ前にそのことを誰かに伝えたくて、この前初めて写真を見せたということだった。その写真は出征前の覚悟の顔をした軍服姿の青年だった。

「私たちが結婚して間もなく、あの人は軍隊へ入って戦争へ行ってしまったのよ」

賢祐は、その話を静かに聞いた。結婚後、わずか数か月で赤紙が来た。他の青年男子同様に、たったの一円五十銭の紙一枚が二人の運命を変えた。やがて陸軍の軍人として中国大陸へ送られた。そして出征前にできた赤ちゃんが賢祐の父親だった。

その後、どこかで戦死したようだったけど、遺骨は還ってくることはなく、戦死の報せが空の木箱とともに送られてきただけだった。

「もう、悲しすぎて涙も出なかったのよ……」

「そうだったんだ、おばあちゃん……つらかったね……ニューブリテン島という南の島、インドネシアとかニューギニアの方、ラバウル航空隊で知られるあたりみたいだよ」

「そう、私は何がなんだかわからなかった、そのときはただただ悔しくて。でも生きて行くには忘れていくしかなかったんだよ」

「あのあたりでは、日本の軍人さんは今でも感謝されてるんだって。道路や橋、学校や病院まで作って、教育までしてくれたって、神々の軍隊が助けに来てくれたと思ったんだって。……今でも日本の歌が歌い継がれていて、子どもたちは日本の歌を歌えるらしいよ。俺さ、おじいちゃんを誇りに思うよ！　子どもにも伝えるよ、おまえのひいおじいちゃんは誇り高き立派な人だったって……胸を張って生きてくれって」

祖母は深い呼吸をしながら目を閉じた。

「覚えてるだろ？　真輝。あいつがきっかけを作ってくれたんだ」

「そう、天宮くんが？」

「〝きっとその人は、父親として、まだ見ぬ赤ちゃんと妻が一日でも長く安泰に暮らせるためにと立派に戦死したと思います〟とおばあちゃんへ伝えてくれってさ」

　賢祐も言いながら泣けてきた。

　施設を離れて自宅へ戻ってから、賢祐は妹と電話で話をした。

「おばあちゃんは、生きていくためにその記憶に蓋をして、忘れたふりをして生きてきたんだね」

　妹と電話で話しながら、賢祐も頷いた。

「真輝が言うには、前世は何かメッセージを送ってくれる存在だって言うんだよ」

「そうなんだ」

「たぶん、気付いてくれって、俺たちが死んだのは未来の子どもたちのためだって。せっかく授かった赤ちゃんの顔を見ることも、抱くこともできないまま、それどころか結婚すらせずに死んでいったたくさんの戦没者たちの気持ちをほんの少しでもいい、わかってほしい、伝えてほしいってメッセージを送ってくれてるのかもしれないなぁ」


　その翌月、蓉子は百歳でやっと大山重人に会えることになった。

それから

独立してから、最初に挨拶に行ったのは佐久間先輩だった。上海へ僕を見送ってくれたときは政治家の秘書だった先輩は、今は政府の外交を担うシンクタンクの研究員となっていた。

「引き続き、これからもよろしくお願いします」

「ああ、こちらこそ、人生設計はお前に任せてるから、頼むな」

霞が関にある先輩のオフィスで、何も言わずに僕の保険提案にサインをしてくれた。思えばいつも先輩は僕を助けてくれた、いつも何も言わずに。僕が中国へ行ったときも、仲人を引き受けてくれたときも、いつも僕を味方してくれた。

「しかし、お前もいろんな意味で濃い人生、生きてるよな」と笑う先輩。

「ええ、はい。どうにかこうにか生きてます、先輩のおかげです」

僕は苦笑いしながら答えた。

とっても偉い人なのに、少しも偉ぶることがない先輩も奥さんもいつも応援してくれる。僕が結婚することになったときも喜んでくれて、仲人も気持ちよく引き受けてくれた先輩だった。僕のダメなところもよく知ってくれていながら、いつもユーモアで僕を包んで、そして助けてくれる。なぜだろう……。

「そうだ、来月のワシントン出張も保険頼むな」

「はい、かしこまりました」

帰り際、ドアまで見送ってくれた先輩にお辞儀をしてエレベーターに乗ろうとしたときだった。

「お前が結婚できて、本当によかったよ」

「あ、ありがとうございます」

昔より貫禄の出た体つきの先輩の、その残像を瞼の奥に見ながら、エレベーターの扉が閉まったそのとき、ふと思った。もしかして……そうかそうだ。先輩こそ、満洲で僕を面倒みてくれた土本大尉？

「貴様が結婚するときはおれが仲人してやるよ」……そのことを思い出した。

元同僚の飯星は、今は経営コンサルタントとして独立して頑張っていた。自社ビルも建てて、日本に戻ってからときどき僕が訪ねるといつも家族全員で歓迎してくれた。僕が独立をしたと聞いて、とても喜んでくれて、そして、彼の方からぜひ契約をさせてくれと言ってきてくれた、これからもお互いに何か助け合っていこうよとも。

「まあ、これは天宮の独立祝いだよ、ちょっとした臨時ボーナスくらいになるだろ」

彼自身の退職金作りの契約にサインをしてもらって、僕らは乾杯した。飯星が泊まっているホテルのバーで夜の東京を眺めながら、お互いに笑って思い出話に花を咲かせた。

彼と別れて、ロビーを出た時、ふと思いついた。いつも僕を気遣ってくれるこの夫婦こそ、満洲の矢田さん夫婦じゃないだろうか？　彼らは残念ながら満洲で命を落としたけど、再びソウルメイトとして出会い結婚して、今度は子だくさんで幸せになった。でも雰囲気が違うのはなぜ？

そうか、と思い当たった。もしかしてあの二人、夫婦が入れ替わって生まれてるかも……。


僕らのクライアントを助けてくれる弁護士事務所の友紀さんにお会いしたのは、張さんの件でお世話になってから半年過ぎてからだった。

「ごめんなさい、お待たせしちゃいまして」

「いえいえ、張さんの件ではお世話になりました。ありがとうございました」

グレーのスーツに身を包みさっそうと現れた彼女は、素敵な笑顔だった。充実した人生を歩んでいることが十分すぎるほど窺える。

「いえいえ、こちらこそ」座り心地のいい事務所の深い椅子から立って挨拶をした。

「張さんの中国のご両親さまへはすべて届いているはずです」

張さんの場合は、女性だったことから、病室へも行き来することもあるかもしれないので、気を利かせてくれた所長さんが、彼女を担当にしてくれた。

「今回のお客様の件もよろしくお願いしますね、遺言も」

「はい！」

ランチを一緒にすることになり僕らは外へ出た。

「今日はいい天気だね、何にしましょうか？」

「ああ、最近うちの仲間内でブームになっている定食屋がありますよ」

「それで行きましょう」

と、彼女のおすすめの定食屋に入った。

「改めて、これをお渡しします」と、和定食が運ばれる前に、向かい合って座った彼女が名刺を差し出してきた。

「今までの名前は離婚前のものだったんです、子どもの学校のこととかもあってそのままだったんですけど、これからは森下友紀で行きます！」

「そうだったんですか」

「ところで、天宮さん、ヒプノセラピストでもあるんですよね？」

「ええ、はい、そうです」

「一度話してみたかったんですよ、私ね、以前に受けたことがあるんです」

「本当？」

彼女は前世療法を受けたときの記憶を話し始めた。

「それがきっかけで、女性のため、特に暴力に悩む女性たちのために何かできたらと思って一念発起、勉強したんですよ」

秋の味覚の詰まった美味しい和食を食べ終えて、お茶を飲んでいるとき、

「私、張さんの件を引き受けたとき、何か縁を感じたんですよ。だからこの相談を持ってきてくれた天宮さんとも何かあるのかなぁって」と彼女は言った。

「そうかもね、実は僕も前世、満洲にいたんだよ」

「えー、やだ、鳥肌が立ってきた」

彼女は驚いて背もたれにのけ反った。

「私ね、離婚してから、まず京都の舞鶴に行って、シベリア、中国、朝鮮半島から帰ってこれなかった人たちの慰霊に行ったんです。それから福岡の二日市保養所へも。そこは、満洲、朝鮮半島から戻ってきた女性たちが、匪賊やソ連兵に襲われて、誰の子かわからない赤ちゃんを中絶する施設があったんですって。そこでたくさんの命が……」

「そうだったんですか、舞鶴、福岡へ慰霊に……」

「ええ、でも不思議なの、それからなぜかその魂たちが私を応援してくれてるような気がしたのよ、おかしいの。弁護士になれたのも奇跡だし、いろいろなことが何か見えない力に応援されてるような気が……、そうとしか思えないの。自分だけの力じゃないんだもの」

「そうですか……もしかすると、その当時の無念の死を遂げた魂たちが応援してくれてるの

かもしれないね……こんな仕事をしてて思うんだけど、前世の課題を克服するために今世生まれてきたとすると、前世こそが今世に生まれてきたその意味や使命を知っているんじゃないかと思えるんだよね」

「なるほど、そうですか……確かに、前世が人生設計のベストアドバイザー！　ってことね」

「うん、そう思う。僕は、前世は人生の羅針盤だと思ってる……それから、よく言われる引き寄せの法則っていうのも前世じゃないかって……その、生きて日本へ帰れと言ってくれた軍人は誰だろうね？」

　自分で話しながら、背中に何かが刺すような感覚、まるでシベリアからの吹雪のような冷たさを覚えた僕は、それは岡崎じゃないだろうか、瞬間的にそう思った。

「さあ、誰なんでしょう？　どなたか思い当たります？」

「入籍することになったんです。今度、彼女とご自宅へ挨拶に伺ってもいいですか？」

　宇野くんからの久しぶりの電話はめでたいニュースだった。アルバイト時代からの付き合いは細々と続いていて、うちの子に洋服やバッグなどプレゼントを買ってふらっとやってくることもあった彼だった。既に両親も亡くしていたし、彼自身の幸せはどうなんだろう？と気になっていたので、僕も嬉しさひとしおだった。彼は、今はある機械メーカーで働いていた。

「父親の葬儀のときはありがとうございました」

「いやいや、お父さん残念だったね。宇野くんの結婚を見届けたかっただろう、それにこんなに可愛らしいお嫁さんじゃなおさらだね」

「自衛隊辞めたあと、なかなかうまくいかない人生が続いていたんですよ。でも彼女と出会えてよかったです」

「おめでとう」

「彼女、料理上手なんですよ」

「ちょっと、ハードル上げないでよ」

照れ臭そうに下を向いた隣の彼女は宇野くんより十歳年下、宇野くんは四十歳を過ぎていた。

「真輝さん、証人になってくれませんか?」

「ああ、喜んで」

「それから、家を買いたいので、どこかいい家探したいんです、住宅ローンも、保険も、老後資金も全部お願いします。年齢差があるんでそのあたり万全に」

「おお、任せてくれ、ところで結婚式はやるの?」

「あまり余裕ないんで、やるとしてもささやかに。旅行は行こうと思ってるんです」

「サイパンか？」

なぜか僕の口からサイパンという地名がでた。

「ええ！　びっくりです。そう思ってたんですよ。どうして？」

「いや、なんとなく……近いし……そうか、とにかく宇野くんが幸せになってくれるのは、俺も嬉しい、なんか肩の荷が下りたような、不思議な気分だよ」

「父親の葬儀のあとから、少し運が向いてきたような、そんな気がするんです」

「へー、そうだったのか、何年前だっけ？」

「二年前です。父親は長野なんですよ、それで遺産の処分、といっても大したものがあるわけじゃないんですが、そのときに気が付いたことがあったんですよ」

「そうか、長野だったのか？」

「ええ、父親はうちの母親のところへ婿入りしてきたんです」

「そうだったんだ……で、何に気が付いた？」

「僕の父親の叔父、大叔父が軍人で、戦死していたんですよ」

「えっ、そうなのか？」

「はい、サイパン島で戦死ってお墓に書かれていて、そのあと調べたらいろんなことがわかったんです。中国、満洲へ最初行って、それから広島まで船で来て、そのままサイパンへ。長野の実家へは寄らず、というより寄れずに……玉砕だったみたいなんです」

「そうだったのか……」

「独身で、結婚もできないまま……それで、ちょうどそのころに天皇陛下がサイパンへ慰霊に行かれたんですよ。そのときのバンザイクリフで、天皇皇后両陛下が青い海に向かって黙禱をされていらっしゃる姿、あの映像を見たら、自分もサイパンへ行こう、慰霊に行かなきゃ！　そう思ったんです。でもその大叔父に気付いてから、なんか人生が良い方へ変わり始めた気がするんですよ……」

「そうか……きっと長い間待ってたんだよ、君が気付いてくれることを、サイパンへ来てくれることを」

「そうなんですよ、ときどき不思議に思うんです。もしかしたら自分はその戦死した大叔父の生まれ変わりじゃないかって……今は予備自衛官ですけど、自衛隊に入ったのも、これまでの人生も、何か僕に気付いてくれっていうことだったのかなぁって」

「君がそう感じるなら、その通りなんじゃないか。奥さんとサイパンに行けば何かまた新しい発見があるかもね……ということはお父さんは名前は宇野ではなかったのかい？」

「はい、もともとは安田という名前です。地元の護国神社には、遺品があったんですよ。生きて帰った戦友が奉納してくれていたようなんです」

「何を残してくれてた？」

「銃、ぼろぼろになった古い小さな銃でした……」

車で去っていく二人を見送りながら思った。

「安田、彼女にたくさん美味しいもの作ってもらってくれ、幸せになってくれ……」

それはセッションのいらない前世療法だった。


「えっ、この著者の先生、よく知ってますよ」

その日、女優でヒプノセラピストでもあるMさんのサロンで研修を受けているときに、Mさんがある本の紹介をしてくれた。ある医師の胎児に関する本で、その中にこんな内容が書かれているのよと、彼女が紹介して、その本が僕ら受講者の手から手へ渡って僕のところへきたときに思わず声をあげてしまった。

Mさんは、彼女自身大きな病に罹ったものの、それを克服し、ヒプノセラピストとしても活躍していた。彼女は、自身で会社経営もしつつ、各地で講演や講座などで大忙し。ヒプノセラピーを駆使した出産方法普及と実践の協会も設立、未来の子どもたちのためにも頑張っている。

その回覧されてきた本の著者は、平林先生のものだった。神々はこんな企画もするんだと思い、笑みがこぼれそうになったすぐあと、これはこの企画を実現せよというメッセージと感じた。そして、あれよあれよという間に講演会を企画することになった。

「もう、僕のような年寄りが出る番じゃないよ」

「まあ、そうおっしゃらずにお願いしますよ、先生。先生の半生を、未来の子どもたちへのメッセージを存分に語っていただきたいんです」

「いやいや、若いやつ探せよ。もう僕なんか……」

「そこをなんとか、先生でなければ駄目なんです。お願いします」

「とにかくそういう話は断ってるんだよ、足腰も弱ってるし」

「そこを何とか、お願いします。人生最後のお願いです」

渋る先生に何度もお願いして、

「……うーん、まあ君の頼みだし、しょうがない……これが最後だよ」

と、ようやく講演会の講師を引き受けてもらった。テーマは「未来の子どもたちへ」。

そして、もう一つはMさんの講演、テーマは「生まれ来る子どもたちのために」。

未来の子どもたちへのメッセージとしての企画となり、場所は丸の内。皇居を横に見ながらの空間を用意できた。

北京での学会からもう十五年以上が経っていた。叙勲を受け、第一線を退き穏やかに暮らしていた先生は、かなりお疲れの様子だったので、確かに無理なお願いだったかもしれなかった。ただ、講演会が終わってからは、久々に若い人に囲まれた先生はご機嫌で、スコッチを飲みながら楽しそうに談笑してくれていたので、少し救われた気持ちになれた。

　懇親の席を後にして、仕事帰りの人であふれる夜の丸の内を二人で歩いた。

「先生、日本こども病院は、かつての東京第二陸軍病院だったんですよね？」

「ああ、確かそうだった、うん、そうだよ」

「当時は大勢の軍人さんがそこで亡くなったのでしょうか？」

「ああ、そうなんだろうね。僕は広島にいたからなぁ」

　先生は急に歩みを止めた。

「天宮くん、少々疲れた。すまんが肩を貸してくれんか？」

「はい、もちろんです、大丈夫ですか……」

　僕は自分の右肩を先生のコートの左腕側に入れた。先生に合わせ腰をかがめて歩いているうち、前世のことを思い出して胸がいっぱいになった。

　今しかないという思いに突き動かされて、僕は絞り出すように話し始めた。

「先生、あのとき、負傷して満洲から広島へ運ばれてきた僕を助けてくれたのは、若き日のあなたです、ありがとうございました。僕が北京へご一緒したのは必然だったんです。前世の僕は、先生が名誉院長を務めるあの病院で死んだんですよ」

　そう言うと、先生は目を丸くして何も言わず頷いていた。もちろん、スコッチも手伝って取り敢えず頷いてくれただけであることは心得てはいたけど、ただ先生に肩を貸せたこと、すべて今日のこの瞬間のためだったんだと気付いて、僕の今世での使命の一つを果たせた気がした。

　先生が顧問を務める企業のお迎えの車が来て、運転手とともに先生を後ろの座席へ運んだ。去り際、なぜか僕は先生に敬礼をしたくなり、背筋を伸ばして、笑顔で敬礼して叫んだ。

「先生！　先に征った戦友たち、亡くなった戦友たちが先生のことをずっと護ってくれてたんですね、俺たちの分も頼むぞって……僕はやっとわかりました」

　先生は、一瞬驚いた表情を見せた後、反射的に海軍式の肘を横に張らない敬礼をしてくれた。その顔は、あのときの江田島海軍兵学校の少年兵だった……。

世界でいちばん戦争を憎む魂たち

今年も例大祭にやってきた。君が代を歌っている間、ものすごい雨が降ってきた。まるで英霊たちの悲憤の涙のようだ。全身に鳥肌が立って、自然に目頭が熱くなる。

南の島で飢えと病と向き合いながら戦った人、船が撃沈され海でもがき苦しみながら沈んだ人、大陸で支援のない中で飢えて死んでいった人、シベリアの極寒の地で倒れた人、震える手で特攻志願書の熱望を○で囲み名前を書いて征った人、辱めを受けるくらいならと自ら命を絶った人、従軍した医師、看護師たち、軍属の方々、原爆、空襲で焼かれた民間人、世界中に文字に表しきれないたくさんの戦没者犠牲者たちがいる。遺族が忘れずに伝えてくれている人もいれば、誰からも思い出されることもなくただ黙って涙を流し続けている魂もある。

支配者たち、戦争を引き起こしたい人たち、それで利益を得たい人たちのさまざまな思惑が複雑に絡み合い引き起こされた悲劇に勝者などいない。

みんな、逆らうことのできない運命と時代の中で、「祖国のため、家族のため、未来の子どもたちのため」と信じ、死んでいった。

従軍した日本兵が口にしたこと、それはお互いに「靖国で会おう、そして来世で会おう」

だったのであり、家族に伝えたのは「桜の季節に九段へ会いにきてください、待っています」だった。神々を恨み自分の運命を呪いながら死ぬことになるところを踏みとどまるためには、平和な来世に生まれ変わることを思い描くほかなかった、それが唯一の希望の光だったのだ。

本殿を通り、お神酒をいただくたびに、みんなどんな思いで逝ったのだろうと思いを馳せる。

例大祭のあとは、境内の遊就館へ。遊就とは秀でた魂という意味があり、そこには維新、明治～大正～昭和と日本が独立を保つためにどれほどの犠牲を払ったのかが展示されている。

歴史 History とは His Story つまり「彼の話」だ。当然、帝国の興亡という人類史は常に勝者が歴史を書き伝えてきた。古代から中世、近代に至る中で、第一次大戦くらいまでは、支配層の王族や貴族、貨幣を作り操る人、軍の高官、一部の支配者が戦争を決定し遂行することができた、奴隷制や人種差別が当たり前だった時代、大衆はそれに抗うという思考を持つということすら想像できなかった。

やがて第一次大戦が終わり、やっと平和が訪れ、人権や平等、参政権や女性の権利の意識が高まりをみせ、日本でも大正デモクラシーが起こり、はいからさん！　に表されるように女性が輝きを放つ時代がやってきた。その後できた国際連盟に対し、人種差別撤廃を訴えたのは日本であり、それを一蹴したのは当時の他の列強国だ。そしてそのあとの第二次大戦。日本だけでなく世界中の若者たちはみな「なぜ戦地へ赴かなければいけないのか？　何のために戦うのか、なぜ戦わなければならないのか？」と相当苦しんだはずだ。人間の魂が生まれ、その世で課題を持って死を迎え、そしてその課題を克服するために生まれ変わり、そして次の課題に向き合い死を迎えるというサイクルを繰り返しているとすると、奴隷制が当たり前で、人権や自由、女性の権利などない古代、中世に生きた魂と比べれば、第二次大戦に散った魂の「なぜ？」の叫びは、その前に学びと経験という浄化を経ている過去世と比べるとまるで違うエネルギーがあるように僕には思える。

「これも神々が人類に課した避けられない進化成長のプロセスです」として受け止めるには、あまりに残酷過ぎるのだ。

館内を進んでいき、大東亜戦争に入ってからの攻防を振り返る資料が続くと、独立を保つことが、どれほど難しいことかがよくわかる、世界のほとんどが白人国家の植民地であり、奴隷であり、世界中が弱肉強食の中にあった。

やがてミッドウェーで敗北をするが、それでも日本はあれほど悲惨な戦いをせずとも終戦に持ち込める国力はあったと思える。そして徐々に劣勢になっていくあたりから、個の人生の幸せと護るべき祖国というふたつの真逆のベクトルに引き裂かれる若者の絞り出すようなメッセージ、遺書が並び始める。

遺族によって奉納された遺影のパネルが壁面に並び、そのひとりひとりの表情と瞳から注がれる声なき声には何も答えることができない。

「あなたは還って来てはくれませんでした。征く前の晩、お母さん、いやだよ、死にたくないよと私の膝で泣いたあなたはまだ十代でした。翌朝、私と目を合わせるとまた泣き出してしまうからでしょう、目を合わさずに、僕が死んだら靖国へ会いにきてとだけ言い残して下を向いてトボトボと歩き出したあなたの背中、まだ子どもなのに、まだ何も背負うことなどできないのに歩き始めた後ろ姿は、今でも私の心に焼き付いています。結婚以来なかなか子どもができなくて、五年目にやっと授かったのがあなたでした。私の胸に抱かれてよく眠った赤ちゃんはたった一つの宝物でした。今、無事に成人を迎える若者たちを見る度に、あなたがせめてもう一ヶ月遅く産まれてきてくれたら……と思うと涙が止まりません。

あなたが自分は何のために生まれてきたのか？　と号泣する姿を毎晩夢に見て、せめてお嫁さんをと思い、さくらさんと名付けた花嫁人形を神社に奉げました。あちらでお嫁さんと幸せに暮らせていますか？　年一回はあなたに逢いたくてお父さんとお参りに来た靖国、お父さんが亡くなってからは私一人で来ていましたが、年老いて足腰も弱り、もうそれも出来なくなってきました。

私は寂しいです、そろそろ迎えに来てください。あなたの子どもを、可愛い孫をこの手に抱く日を夢見ています」

という戦死した一人息子へ宛てた、ある母親からの手紙がある。この子は、雪国の生まれで、おそらく友人も親戚もいないだろう沖縄の人々を護るために戦死した。この年老いた母親が一人で我が子の魂に触れるために九段へ来たことを思い浮かべる。移動の中で泣きながら食事ができたのだろうか？　誰か東京に出迎えて一緒に涙を流してくれた人はいたのだろうか？　九段からの参道を歩くのを支えてくれた人はいたのだろうか？　そして、一人下を向きながら来た道を帰り、我が子が待つことのない寒い家へどんな想いで……。

同じような想いを持った母親からの花嫁人形の奉納は当時百五十体を超えたと言われている。花嫁人形自体大変高価なもので、誰もができることではない。その想いを届けたいという母親は数千、数万、すべての母親がそう思ったはずだ。

日本には、武士の情けというような敗者を尊するという文化がある。たとえ時の政府に背いたとしても死後は許され祀られる風土がある。湧き出る清水や豊穣、祝祭、生きる喜びは神々の恵み。そして地震や津波、台風、戦乱、生きる苦難を神々の戒めとし、人間もその一部として共に道を歩むことを長い間育んできた東方の島国にとって、人間が造った静寂な空間で、目に見えない存在に想いを馳せることはライフスタイルそのものと言える。グローバリズムという亡霊が闊歩する時代と、ナショナリズムという自国優先の価値観が潮の満ち引きのように揺れ動く歴史の中で、もし世界標準の His story があったとしても、捏造や悪意に満ちて他者を貶めるものでない限り、自国の子どもたちに自信と誇りを持たせる Our story　My story　My true story があってもよいのではないだろうか。

その花嫁人形が飾られている壁の裏側の、御遺影のパネルの中に、僕の前世がある、いる。僕自身が自分の前世に気付き、前世の写真を見つけ、戦争に振り回された前世を辿り、僕の深い深い潜在意識が、神々が結んだ紐を少しずつ解いて辿り着くことができるまで、この世に生まれてから三十年かかった。

それは、すべて僕に、あるいは誰かに気付いてほしい、わかってほしいという声を聴き取ることができるまでの年月だった。恨むでも祟るでもない、ただただあの戦争で涙を流した世界中の人々の百分の一、千分の一、万分の一でもいい、その心に、魂に想いを馳せてほしいという声にならない叫び声だ。

「ここが War Shrine?　戦争神社？　ここは世界中の戦争を憎む魂が黙って瞳を閉じるところ、平和を願う人々が集うところ、Anti-war Shrine 反戦神社です。どうか僕らを極悪の限りを尽くした忌まわしきそして恐ろしき戦争犯罪人、自爆テロリストの如き狂信者、洗脳され歴史の塵と消えた哀れな人……そんな言葉で悪霊に蓋をするように閉じ込めて、闇に葬らないでください。ここにはもう正義も悪も、階級もありません。僕らは、みなさんの大切な人が絶望の戦地へ赴く日が二度と来ないよう、世界の無辜の民が戦火に焼かれることがないよう、ここで黙って祈り続けています、今でも」

「パパこれでしょ？」小学生の娘が嬉しそうに笑いながらパネルに指をさす。

「ママ、ママはこの人知ってるの？」

「知ってるわよ……前世からね」と蘭は微笑んだ。そのパネルには昭和十九年二月二十六日東京第二陸軍病院にて戦死と書かれている。

その声は幼い頃から届いていた。中国大陸に関することや満洲という文字を見たり音を聞くと、なぜか胸がざわついていた。蘇州夜曲という歌を聴いたときはとても懐かしく、幸せな気持ちになり、自然と涙腺が緩んだことをよく覚えている。

初めて李香蘭を見て衝撃を受けた。好きなタレントは李香蘭とは誰にも言えなかったけど、間違いなく小学生時代の僕のアイドルは李香蘭だった。

「はいからさんが通る」という大正時代を描いた少女マンガがあったのだが、それがテレビでも放映されていたのは小学生のころだった。花村紅緒というじゃじゃ馬酒乱のかわいらしい主人公と伊集院忍という陸軍少尉のおもしろおかしい恋愛模様が、大正ロマンを背景に描かれていた。学校から早く帰ってそれを見るのが大好きだった。マンガも全巻買った。

戦争の話をすること、そこに真正面から向き合うことがタブーに近いこと、世の中全体がそれを深く考えることを避けていたのを小さいながらに感じていた。日本の軍隊が悪の限りを尽くした、すべては日本の軍国主義、軍人が悪かったのであって、日本人はそのことを深く反省し続けなければならないという空気が日本中を覆っていたような気がする。しかし、僕はそのことにある種のとまどいのようなことを感じていた。どこかほかに違う真実があるのではないだろうか？　日本が戦争に突入して行ったことに理由があるのではないだろうか？　小学生の時からそんなことを考えていた。

「全く、日本の軍人というのはとにかく悪いことを」とか「バカな軍が調子に乗って、こんなことに」ということを言う大人たちの言葉を聞くと、無性に腹が立った。そんな大人たちには心の中でいつも叫んでいた、「あなたは戦地へ行ったのですか？　見たのですか？」「あなたを護ろうとして死んだあなたのお父さんたち、おじいさんたちをどうしてそこまで馬鹿にできるんですか？」と。

「和平交渉を望む日本に明治以来の権益をすべて捨てて、北海道本州四国九州の四島に戻れ！　という無茶な条件で最初に殴りつけてきたのはアメリカではないか」「もともと満洲には特定の国家はなく不毛の土地で、そこに多くの人が安心して住める理想国家を造ろうというのは米国の建国精神と同じである」「日米を何とかして戦争させようと画策したのは共産主義コミュニストたちだ」「広島、長崎、本土空襲の犠牲者はほとんどが老人と婦女子、民間人だ、これこそ大虐殺、国際法違反では？」「平和に対する罪なんて法はなかった！　事後法で裁くなんて東京裁判は法の精神に反している」「米上院外交委員会でマッカーサーが日本の戦争はほとんどが自衛目的であるという証言を」とそんな文章を手にして読んだときは、嬉しくて夢中で読んだ。戦争に至るということはそれなりにいろいろな事情があったのだろうし、全部軍人が悪かったという雰囲気に灯を見た気がして、日ごろの疑問に答えが見つかった気分だった。

二・二六という文字を目にして何かを感じたのは歴史の教科書だった。二・二六という音を聴くと、いつも全身に鳥肌が立ってきた。北一輝という二・二六事件の青年将校たちに思想的に影響を与えたとして、ともに銃殺刑となる革命思想家の名前と『日本改造法案大綱』という本のタイトルになぜか魅かれた。彼がこの本を書き上げたのは上海だった。そして国民のための天皇、国民のための軍隊という理想は皮肉にも戦後に実現されることになったという見方もある。

十二、三歳のころ初めて訪れた広島では、なんとも言えない懐かしさに包まれた。将来この辺りの大学に進学して住んでみたいとふと感じたことをよく覚えている。

十代後半を最後に、訪れることのなかった野川市の西端に、第十代崇神天皇の御代に始まったとされる鎮《しずめ》神社という古い神社がある。長い間来ることのなかったその神社に三十年ぶりに行くことになった。そこでは小学生のころ兄とキャッチボールをした記憶がある。

八月、お盆前のことで、ちょうど近くで仕事もあって、そのあたりに宿泊することにしていたので、ついでに寄ってみようと思っただけだった。懐かしい風景を味わいながら、お参りを済ませたのだけど、どういうわけかその境内の裏手に導かれるように歩を進めた。そして、そこには遠くからでも殉国の霊と書かれてあるのが見える立派な慰霊碑があった。

「こんなところにこんな慰霊碑があったのかぁ……もしかして⁉」

近づくに連れて耳が聞こえなくなるような感覚になり、視界が狭くなっていった。碑には戦死した英霊たちの名前が刻まれていて、その名前を目で辿っていると、

「ああ、あった！　ここで、ここでもずっと待ってたんだ、ずっと」

天宮芳雄の名前も刻まれていた。その名前に手をかざして、深く目を閉じた。

父も、叔父たちも、ここに芳雄の名前が刻まれていることを、英霊のことを、あの戦争のことを僕らに、子どもたち孫たちに真実を伝えてきたのだろうか？　その前で兄とキャッチボールしていたとき、英霊たちは懸命に何かを叫んでいたはずだっただろうに、僕はそのボールを受け取れなかった。


その日は、その町の百年近い歴史のある割烹旅館兼ホテルに泊まることになっていた。このあたりは料亭もたくさんあり、鰻が美味しい。そこはかつて大正天皇の第二皇子もご宿泊されたそうで、そのときの写真が飾られていた。せっかくなので、その夜はホテルのレストランで、鰻を食べながら、一人静かにあの時代に想いを馳せた。

部屋に戻ってテレビを見ると、「あの戦争を生き抜いた日本女性たち」という番組が放送されていた。「そうか……八月十五日に近づいているからなぁ……」と思いながらウイスキーのグラスを片手に、ベッドでくつろいで見ているうちに番組は進んでいった。

大正時代から昭和二十年くらい、敗戦が決まるまで、大陸の花嫁や従軍した看護師さんの手紙や記録、写真などが紹介されていた。ナレーションが続き、

「これは広島に住む、山岸さんという方からお預かりした手紙です。伯母様が看護師として陸軍病院で働いているとき、原爆で亡くなったそうなんですが、その前に受け取った手紙だそうです」

満洲での日本がどんどん劣勢になってきていること、現地の日本人看護師がソ連兵に乱暴されている話が紹介された。

「えっ、これは、蘭の前世じゃ？」

その番組が終わり、音楽とともにテロップが流れ始めた。その製作者の名前が映し出されているのを見ていて、グラスを落としそうになった。番組プロデューサーとして出てきた名前が、懐かしい学生時代の彼女の名前だった。

「私、真実を知りたいわ……」

あの意味は、これだったのか……彼女が、彼女だったんだ。

翌朝、仕事の準備をして、朝一番にその神社へ車で向かった。本殿に向かって参拝したあと、改めて殉国の霊の慰霊碑の前に立った。

前世の僕の満洲への出征を見送った甥の忠行、彼こそが僕の父親。彼が多くを語らなかっ

たのは、時代のせいだけではなく、僕が精神世界の扉を自分自身で開くために仕組まれた、愛情溢れたいたずらだった。

そして、いつの日か、岡崎誠太郎の遺骨の一片でもシベリアへ取りに行ける日を僕にくださいと祈った。彼の魂も生まれ変わっているとすれば、必ず僕と出会うはずですよね？　と問いつつ……。

エンジンをかけて、ハンドルを握ったとき、ふと、

「いや、もしかすると、もう会ってるのかもしれないなぁ……」

そんなことが頭をよぎって、車を走らせた。

その日も日本の夏は暑かった。

あとがき

人には、それぞれ、さまざまな、今世に生まれた意味があると思います。

人間は眠っている間、同じ姿勢が辛くなり息苦しさを感じると寝返りします。現実世界と精神世界をそんな風に行ったり来たりできると、精神と物質の調和がとれ、息苦しさを和らげることができるのではないだろうか?! と考えることがあります。

目の前の現実を生きている自分、そしてそれを時に優しく時に厳しく見守り包んでくれる目に見えない大きな存在、その存在を感じるとき深い呼吸ができ、心が癒されます。そんな存在を神々と呼ぶのかもしれません。

明治、大正、昭和という世界中が弱肉強食の戦乱にあった時を経て、日本が大きな戦火に襲われることのなかった平成が終わり、新しい時代になりました。

私たちは、日英同盟が崩され、日ソ中立条約が破られ塗炭の苦しみを味わったことにより、同盟や条約が脆いものであることを学びました。そして日本と日本人が地上から消滅するかもしれないという恐怖に震え、敗戦の惨めさと占領政策により母国への誇りをほとんど失いかけるという体験をしました。
その後、大国の都合と欲望により戦地と化した地域で涙を流す人々、人権弾圧に立ち向かい倒れる民衆、テロによる犠牲者と遺族の悲しむ姿……戦後はこれらを映像を通して見てきました。

主人公が前世でコミュニズム（共産主義）に対峙し、今世でグローバリズムを経験したことは必然、どちらも同じだよというメッセージ。そして帝国主義、ナショナリズム、極端な理想、耳障りの良いスローガン、言葉だけの平和主義、国柄や現実に合わない法律、真実を伝えない報道……激動の近現代史はそんな体制や社会こそが実は戦争の引き金となり、人々を不幸にしてしまうことを教えてくれました。

祖国のため、家族のため、未来の子どもたちを護るためという想いが、私たちが平穏な暮らしを続けるために尊いことである……そのメッセージを受け止めることが前世からの学びであり、主人公が今世で向き合うべき課題の一つでした。

データ、グラフ、貨幣、経済指標などで表すことができない生きる喜びや、法の支配、人権、自由、平等、民主、伝統、文化……人々にとって大切な価値を守るためには何が必要なのか？　という問いへの答えには、簡単に到達することはできないでしょう。
この物語がその答えのヒントになり得るかどうかはわかりません。
「正解のない時代」を生きている私たちにとって、真実は一つではないと思います。
これからも前世療法が希望の光であり続けることを願いつつ……。
感謝を込めて。

著者プロフィール

岩下 光由記（いわした みつゆき）

1968年生まれ。明治学院大学法学部卒。

幼少期から精神世界に深い関心を持ち続ける。外資系保険会社で生命保険営業に10年従事した後、独立。現在FPエージェンツ㈱取締役。ファイナンシャルプランナーとして生保・損保提案、人生設計に関するアドバイスやセミナーなどを行う。(公社) JAIFA生命保険ファイナンシャルアドバイザー協会会員。トータルライフコンサルタント、宅地建物取引士、相続診断士。

米国催眠士協会会員、(一社) 日本臨床ヒプノセラピスト協会会員、日本ヒプノ赤ちゃん協会会員でもあり、ヒプノセラピストとしてクライアントのこころの問題にも向き合いつつ、「精神世界と現実世界を繋ぐ架け橋」としての存在になることを目指している。

前世から届いた遺言

2019年5月15日　初版第1刷発行
2023年10月15日　初版第3刷発行

著　者　岩下 光由記
発行者　瓜谷 綱延
発行所　株式会社文芸社
〒160-0022 東京都新宿区新宿1-10-1
電話 03-5369-3060（代表）
03-5369-2299（販売）

印刷所　神谷印刷株式会社

ISBN978-4-286-20539-7